Nuits de cauchemar

Biographie

R. L. Stine est né en 1943 à Colombus aux États-Unis. À ses débuts, il écrit des livres interactifs et des livres d'humour. Puis il devient l'auteur préféré des adolescents avec ses livres à suspense. Il reçoit plus de 400 lettres par semaine ! Il faut dire que, pour les distraire, il n'hésite pas à écrire des histoires plus fantastiques les unes que les autres. R. L. Stine habite New York avec son épouse Jane et leur fils Matt.

R. L. Stine

Chair de poule®

Nuits de cauchemar

Traduit de l'américain
par Yannick Surcouf

Septième édition

bayard jeunesse

Titre original
GOOSEBUMPS n° 54
Don't go to sleep

La série Chair de poule a été créée par Parachute Press Inc.
Publiée avec l'autorisation de Scholastic Inc,
557 Broadway, New York, NY 10012, USA

Loi n° 49-956 du 16 juillet 1949 sur les publications destinées à la jeunesse
Dépôt légal

ISBN : 978-2-7470-4688-6

Avertissement

Que tu aimes déjà les livres ou que tu les découvres,
si tu as envie d'avoir peur, **Chair de poule** est pour toi.

Attention, lecteur !

Tu vas pénétrer dans un monde étrange
où le mystère et l'angoisse te donnent rendez-vous
pour te faire frissonner de peur... et de plaisir !

1

– Oh non ! Pas encore !

Je frottai mon crâne endolori et repoussai d'un geste rageur la figurine en carton représentant un extraterrestre sanguinaire. Je l'avais eue quand j'étais allé voir le dernier *Star Trek* au cinéma.

Je voulais prendre mon livre de chevet du moment, *L'attaque des fourmis géantes de Pluton*, quand elle était tombée de ma bibliothèque, en plein sur ma tête. Je lui lançai un coup de pied.

– Tiens ! Prends ça ! Ennemi des Mondes libres !

J'en avais assez. Un bric-à-brac incroyable s'entassait dans ma chambre et les objets chutaient en permanence des étagères. Ce n'était pas la première fois que je subissais l'attaque de ce monstre en carton.

– Tiens ! Prends ça encore !

Je lui assenai un coup de poing pour faire bonne mesure.

– Nous sommes en présence de Matthieu Amsterdam, un naze de douze ans.

Greg, mon grand frère, était adossé contre l'encadrement de ma porte et parlait dans son magnétophone de poche.

– Fiche le camp de chez moi ! grognai-je.

Greg m'ignora totalement, comme d'habitude.

– Matt est plutôt petit pour son âge et assez maigre, continua-t-il. Il a une face de lune, toute ronde, et un nez en trompette ridicule qui le fait ressembler à un porcelet…

Il s'adressait toujours à son magnétophone.

– Les cheveux de Matt sont si blonds que, de loin, on pourrait croire qu'il est chauve.

Greg parlait d'une voix calme et posée, comme celles des commentateurs dans les reportages sur les animaux qu'on voit à la télévision.

– Moi, en tout cas, je n'ai pas une tonne de gel sur la tête ! rétorquai-je.

Greg et ma sœur Pamela sont tous les deux dotés d'une épaisse chevelure châtain. Mes cheveux sont blond platine et très fins. Maman dit que je les ai hérités de mon père, mais je ne m'en souviens pas : il est mort quand j'étais petit.

Greg m'adressa une vague grimace et poursuivit son discours dans le plus pur style *Le monde sauvage*.

– L'habitat naturel de Matt est une chambre minuscule remplie de livres de science-fiction et de maquettes de vaisseaux spaciaux. Le sol de cette tanière est jonché de vieilles chaussettes et de bandes dessinées. On remarque çà et là des miettes de pizza qui constituent l'aliment de base de Matt le naze. Comment peut-il survivre dans un tel environnement ? Les scientifiques restent perplexes, mais n'oublions pas que le comportement des nazes a toujours été un grand mystère pour les êtres humains normaux.

Ma sœur Pam apparut derrière lui.

– Quoi de neuf dans le monde des nazes ? demanda-t-elle. Alors, Matt ? Le vaisseau mère n'est pas encore venu te récupérer ?

Je lui jetai *L'attaque des fourmis géantes de Pluton* à la figure. Elle l'esquiva en riant.

Pam est en première au lycée et Greg prépare son bac cette année. Ça ne les empêche pas de passer leur temps à m'embêter.

– Fichez le camp de ma chambre ! hurlai-je, hors de moi.

Je m'élançai et pesai de tout mon poids sur la porte. Greg maintint le battant ouvert sans effort.

– Impossible ! répondit-il. Je dois étudier le comportement des membres de ma famille pour préparer un exposé.

– Alors étudie pourquoi Pam a toujours un doigt dans son nez !

Face à cette remarque, ma sœur écarta Greg et pénétra dans la pièce. Elle m'empoigna par le col de mon T-shirt Star Trek :

– Répète pour voir !

– Arrête ! protestai-je. Tu vas déformer mon T-shirt !

– Matt est très pointilleux en ce qui concerne ses vêtements de naze, commenta Greg.

– Retire ce que tu viens de dire ou je lâche Biggie ! menaça Pam en continuant de me secouer.

Biggie est notre chien. Il n'a rien de bien effrayant..., c'est un teckel. Mais, je ne sais pas pourquoi, il me hait. Il est adorable avec tout le monde, même avec les étrangers. Pourtant, dès que je m'approche, il grogne et montre les crocs.

– Au pied, Biggie ! appela Pam.

– D'accord, m'empressai-je de céder. Je retire ce que j'ai dit !

Ma sœur me repoussa et je m'affalai sur mon matelas. Le lit heurta le mur et une pile de livres tomba de l'étagère sur ma tête.

Ah ! je déteste mon existence ! Pam et Greg ont fait de moi leur souffre-douleur. Si maman était à la maison plus souvent, elle pourrait peut-être les calmer. Hélas, elle est rarement là !

Ma mère cumule deux emplois. Dans la journée, elle apprend aux gens à se servir d'un ordinateur, et le soir, elle tape des dossiers pour un cabinet d'avocats. En son absence, Pam et Greg sont censés s'occuper de moi, ce qu'ils font d'ailleurs un peu trop. Ils ne me lâchent pas une seule seconde et s'arrangent pour transformer ma vie en enfer.

– Cette chambre est une infection, grogna Pam. Allons-nous-en, Greg.

Ils sortirent et claquèrent la porte derrière eux. Mes étagères tressaillirent et mon vaisseau spatial glissa de l'armoire pour se fracasser au sol.

J'étais tranquille pour quelque temps. Je m'allongeai sur mon lit en soupirant et repris la lecture de mon livre. J'aurais plutôt préféré vivre sur Pluton que dans cette maison..., même avec des fourmis géantes crachant des rayons de la mort.

Je m'étais arrêté à un passage assez angoissant : Justin Case, l'explorateur de l'espace, avait été capturé par l'empereur des fourmis géantes. Ce dernier s'apprêtait à le torturer pour lui soutirer des informations. Justin Case, enchaîné à la paroi d'une caverne, se débattait avec frénésie. L'empereur des fourmis géantes s'avançait. Il tenait entre ses pattes une longue aiguille qu'il avait l'intention d'enfoncer dans le crâne de l'explorateur pour sonder son cerveau. Il s'approchait... s'approchait.

Je fermai les yeux pendant une seconde pour mieux imaginer la scène, et là... je m'endormis.

Je me mis à rêver que j'étais Justin Case. L'empereur des fourmis se tenait devant moi, sa face triangulaire à quelques centimètres de mon visage. Je pouvais voir ses mandibules bouger en cadence.

Soudain, je sentis son haleine fétide qui agressait mes narines. Quelle horreur ! Des grognements menaçants résonnèrent à mes oreilles. J'ouvris un œil. La réalité était pire encore que mon cauchemar, pire que l'empereur des fourmis lui-même.

2

Biggie était là, prêt à me mordre !

– Biggie ! m'écriai-je. Non ! Va-t'en !

Clac ! Ses mâchoires se refermèrent à quelques centimètres de mon nez !

Je le repoussai nerveusement hors du lit. Mon chien grogna et voulut bondir de nouveau sur le matelas, mais il manqua son coup. Trop petit, il devait prendre de l'élan pour y arriver. Je me redressai vivement tandis que cette peste cherchait à mordre mes orteils.

– Au secours ! hurlai-je, affolé.

C'est alors que je repérai Pam et Greg. Ils se tenaient sur le seuil de ma chambre et riaient aux larmes.

Biggie recula, prêt à s'élancer sur le lit.

– Retenez-le ! implorai-je.

– Impossible ! Il est trop fort ! railla Pam.

– S'il vous plaît ! Il va me mordre !

– C'est bien pour ça qu'on l'a jeté sur toi ! répondit Greg entre deux éclats de rire. Et puis, tu dors trop.

– Oui, ajouta Pam. Et on voulait s'amuser un peu. Biggie traversa la pièce à toute allure et atterrit sur mon lit. Je fonçai aussitôt hors de ma chambre et lui claquai la porte au nez. Biggie se mit à aboyer furieusement.

– Oh, Matt ! Comment peux-tu être si méchant avec ce pauvre chien ? ironisa Pam.

– Fichez-moi la paix ! hurlai-je en dévalant l'escalier. J'allai m'installer dans le salon. Affalé sur le canapé, je m'emparai de la télécommande et zappai sur la chaîne Science-fiction.

J'entendis bientôt le bruit des griffes de Biggie qui résonnaient sur les marches de l'escalier. Je me raidis, prêt à subir une nouvelle attaque, mais il se dirigea vers la cuisine.

La porte d'entrée s'ouvrit à cet instant et ma mère entra, les bras chargés de provisions.

– Salut, Maman ! lançai-je joyeusement.

J'étais content qu'elle soit de retour. Quand elle est là, Pam et Greg se calment un peu.

– Salut, chéri !

Elle alla déposer ses paquets dans la cuisine.

– Oh ! Mais voilà mon petit Biggie ! s'extasia-t-elle. Comment va mon trésor ?

Je vous l'ai dit : ce chien adore tout le monde dans cette maison… sauf moi.

– Greg ? appela maman. C'est ton tour de préparer le dîner !

– Je ne peux pas ! hurla-t-il dans l'escalier. J'ai des devoirs à rendre pour demain ! Je suis trop occupé !

« Ça, c'est sûr, pensai-je. Trop occupé à m'empoisonner la vie… »

– Demande à Matt, ajouta Pam. Il ne fait rien ! Il est affalé devant la télé.

– Moi aussi, j'ai des devoirs, protestai-je.

Greg descendit l'escalier.

– Des devoirs de sixième ? La belle affaire !

– Bon, vous n'allez pas vous battre, les garçons, intervint ma mère. J'ai deux heures de répit avant de reprendre le travail. Matt, prépare le dîner, je vais m'allonger un instant.

Je déboulai dans la cuisine :

– Maman ! C'est le tour de Greg ce soir !

– Il cuisinera une prochaine fois, c'est promis.

– Pourquoi tu ne demandes pas à Pam ?

– Ça suffit ! explosa-t-elle. Tu obéis, et c'est tout. Elle se dirigea vers l'escalier et gravit les marches d'un pas lourd.

– Flûte ! grognai-je en claquant rageusement la porte d'un placard. C'est toujours moi qui travaille ici !

– Que vas-tu préparer de bon ? demanda Greg qui choisit ce moment pour entrer dans la cuisine. Des steaks de naze ?

– Matthieu Amsterdam fait du bruit en mangeant… Nous étions en train de dîner et Greg continuait de parler dans son magnétophone.

– Ce soir, la famille Amsterdam dîne d'une cassolette de thon, poursuivit-il. Matt l'a décongelée, mais il l'a laissée trop longtemps dans le four et, bien évidemment, elle a attaché au fond du plat…

– Ferme-la ! grommelai-je.

Il se tut, et pendant quelques minutes on n'entendit plus que le cliquetis des couverts dans les assiettes.

– Comment s'est passée l'école aujourd'hui ? demanda ma mère.

– Mme Amsterdam interroge ses enfants sur leur journée, dit Greg dans son magnétophone.

– Greg, es-tu obligé de continuer pendant le repas ? soupira-t-elle.

– Mme Amsterdam se plaint de l'attitude de son aîné, poursuivit Greg.

– Greg !

– Ma mère hausse le ton. Serait-ce un signe de colère ?

– GREG !

– Je dois le faire, Maman, plaida-t-il. C'est pour l'école.

– Ça me porte sur les nerfs, lui dit maman.

– Sur les miens aussi, renchéris-je.

– Toi, on ne t'a rien demandé ! trancha Greg.

– S'il te plaît, arrête ton enregistrement le temps du repas, d'accord ? demanda ma mère.

Greg obéit et posa son magnétophone sur la table. Pam intervint à cet instant :

– Maman, est-ce que je pourrais mettre mes vêtements d'hiver dans le placard de la chambre d'amis ? Le mien est rempli.

– Je vais y réfléchir, répondit ma mère.

– Hé ! protestai-je. Son placard est gigantesque ! Il est presque aussi grand que ma propre chambre !

– Et alors ? rétorqua Pam.

– J'ai la plus petite chambre de la maison ! m'emportai-je. On peut à peine faire le tour de mon lit !

– C'est parce que tu vis dans un fouillis ! répondit Pam.

– C'est faux ! Je range... parfois. Mais j'ai besoin de plus d'espace ! Maman, est-ce que je pourrais m'installer dans la chambre d'amis ?

Ma mère secoua la tête avec véhémence :

– Hors de question !

– Pourquoi ?

– Je veux garder cette chambre pour les invités.

– Quels invités ? On ne reçoit jamais personne !

– Tes grands-parents viennent à Noël.

– Oui, une fois par an. Et ça ne les gênerait pas de dormir dans ma chambre, argumentai-je. Le reste de l'année, ils ont une grande maison pour eux seuls !

– Cette pièce est trop petite pour deux personnes. Je suis désolée, Matt, ce n'est pas possible.

– Maman !

– Quelle importance ? intervint Pam. Tu t'endors n'importe où. Tu pourrais même dormir dans la baignoire.

Greg s'empara à nouveau de son magnétophone :

– Quand Matt n'est pas devant la télé, il dort. Son temps de sommeil est supérieur à son temps de veille.

– Maman ! Greg recommence avec son magnéto ! intervins-je.

– Greg, qu'est-ce que je t'ai demandé ? soupira ma mère.

– Maman, laisse-moi faire l'échange, plaidai-je. J'ai besoin de place. Je ne fais pas que dormir. Je vis aussi dans cette chambre… et il me faut un endroit pour échapper à Pam et à Greg. Ils n'arrêtent pas de m'embêter !

– N'exagère pas, Matt. Ton frère et ta sœur ont la gentillesse de s'occuper de toi en mon absence. Tu devrais les en remercier.

– Non ! Je les déteste !

– Matt ! Ça suffit ! s'emporta brusquement ma mère. Monte dans ta chambre.

– Il n'y a pas assez de place pour moi là-haut ! criai-je, révolté.

– Monte immédiatement !

Comme je me précipitai dans l'escalier, Greg reprit son magnétophone et fit le commentaire suivant :

– Matt vient d'être puni. Quel est son crime ? C'est un naze !

Je claquai la porte derrière moi, enfonçai ma tête dans l'oreiller et fondis en larmes.

Je passai le reste de la soirée allongé sur mon lit.

– C'est trop injuste, grommelai-je. Pam et Greg font ce qu'ils veulent, et moi, je suis puni.

« Personne n'utilise la chambre d'amis, pensais-je. Je me fiche de ce que raconte maman. À partir de maintenant, j'irai dormir dedans. »

Ma mère partit bientôt à son travail du soir. J'attendis que Pam et Greg gagnent leurs chambres et éteignent la lumière. Je sortis alors dans le couloir et me faufilai à pas feutrés jusqu'à la chambre d'amis. J'allai dormir là, et personne ne m'en empêcherait. Je me glissai en frissonnant entre les draps glacés. Un silence étrange régnait dans cette pièce. Les bruits de l'extérieur ne me parvenaient plus. J'avais l'impression de me retrouver dans un caisson d'isolation. J'observai mon nouvel environnement dans la pénombre. La chambre était vaste, mais curieusement organisée. Par endroits, les murs formaient des angles bizarres avec le plafond.

J'étais un peu impressionné de dormir dans cette pièce inconnue. Mais, après tout, que pouvait-il m'arriver ? Que ma mère me surprenne et me punisse ? La belle affaire !

Je ne pouvais pas savoir que le lendemain, à mon réveil, mon existence tournerait au cauchemar.

3

Mes pieds étaient tellement gelés que cela me réveilla. Évidemment, ils dépassaient hors du lit. Je me redressai en bâillant et les recouvris avec la couverture. Je la retirai aussitôt.

Quoi ? C'étaient mes pieds ? Ils étaient énormes ! Pas monstrueux, mais énormes pour moi. En tout cas, ils avaient grandi depuis la veille !

Wouah ! Je savais que la croissance est rapide à mon âge, mais, à ce point, c'était impressionnant.

Je me levai et passai discrètement la tête dans l'embrasure de la porte de la chambre d'amis. Maman, Pam et Greg prenaient déjà leur petit déjeuner dans la cuisine.

« Oh non ! me lamentai-je. Je ne me suis pas réveillé à l'heure. J'espère que personne n'a remarqué que je n'étais pas dans ma chambre. »

Je fonçai dans la salle de bains. Tout me semblait bizarre. Je tâtonnai un instant avant de trouver la poignée de porte. Elle n'était plus à sa place habituelle, comme si quelqu'un l'avait abaissée durant la nuit. Le plafond lui aussi me parut plus bas. J'allumai la lumière et allai vers le miroir au-dessus du lavabo. Quel choc ! Je ne me reconnus pas. Pourtant, je ne pouvais détacher mon regard de cet inconnu qui se trouvait devant moi. Il me ressemblait étrangement, mais ce n'était pas moi.

Mon visage s'était allongé. Il était moins enfantin. Je remarquai une légère ombre sur ma lèvre supérieure... C'étaient des poils blonds. Et j'avais grandi de trente centimètres dans la nuit.

J'étais plus vieux ! J'avais l'air d'avoir seize ans ! « C'est impossible, pensai-je. Je dois imaginer tout ça... Je vais fermer les yeux et, quand je les rouvrirai, j'aurai à nouveau douze ans. »

Je fermai les yeux et comptai jusqu'à dix. Je regardai encore. Rien n'avait changé. J'étais réellement devenu un adolescent !

Mon cœur se mit à battre à tout rompre.

Je quittai la salle de bains et me précipitai dans l'escalier. Maman saurait me dire ce qui m'arrivait. Je dévalai les marches en pyjama. Pas encore habitué à posséder de si grands pieds, je trébuchai dès la troisième marche, et... patatras !

Je dégringolai et m'affalai à plat ventre devant l'entrée de la cuisine.

Bien évidemment, Greg et Pam se moquèrent de moi.

– Joli plaquage, Matt ! lança Greg. Tu as marqué un essai !

Je me redressai sans prendre la peine de répondre.

J'avais des problèmes plus urgents à résoudre.

– Maman ! m'écriai-je. Regarde-moi !

Elle leva les yeux :

– Oui… Je vois que tu n'es pas encore habillé. Dépêche-toi un peu.

– Mais, Maman ! insistai-je, paniqué. Je… je suis un adolescent !

– Ça, je ne le sais que trop, soupira-t-elle. Allons, presse-toi, je pars dans un quart d'heure.

– Oui, presse-toi, Matt, ajouta Pam. On va être en retard au collège à cause de toi.

Je me tournai vivement vers elle, prêt à lui faire une réplique cinglante.

Ce que je vis m'en empêcha. Assise à côté de Greg, Pam mangeait ses céréales. Jusque-là, tout était normal. Mais mon frère et ma sœur, eux aussi, avaient changé. Si moi, j'avais seize ans, Pam et Greg auraient dû avoir respectivement dix-neuf et vingt ans. Or ils avaient l'air d'en avoir onze et douze ! Ils avaient rajeuni !

– C'est impossible ! hurlai-je.

– C'est impossible ! répéta Greg en imitant mon air effaré.

Pam se mit à glousser nerveusement.

– Maman, écoute-moi, je t'en supplie ! Il se passe une chose horrible ! Hier j'avais douze ans, et aujourd'hui j'en ai seize !

– Matt est devenu dingue ! s'esclaffa Greg.

Pam et lui se mirent à ricaner en vissant leur index sur leur tempe.

Ils avaient beau avoir rajeuni, ils étaient toujours aussi insupportables.

Ma mère ne m'accordait déjà plus la moindre attention. Je la secouai par le bras.

– Maman ! Greg était mon grand frère et Pam ma grande sœur ! Tu ne te souviens pas ? Greg est l'aîné !

– Ah ! Ah ! Matt est dingo ! ricana Greg. Dingo ! Dingo !

Pam se plia en deux sur sa chaise de rire. Maman quitta la table et déposa son bol dans l'évier.

– Matt, je n'ai pas le temps de plaisanter. Monte et habille-toi vite.

– Mais…

– Monte immédiatement !

Que pouvais-je faire ? Personne ne voulait m'écouter. Ma famille se comportait comme si la situation était parfaitement normale.

Je gagnai donc ma chambre et m'habillai. Je ne retrouvai aucun de mes anciens vêtements. Mon armoire était remplie de pulls et de pantalons que je n'avais jamais vus. Par contre, ils étaient tous à ma nouvelle taille.

Je ne comprenais rien à ce qui se passait.

« Est-ce que c'est une blague ? »

Oui, ça devait être ça, encore une sale plaisanterie de Greg !

Mais non, c'était impossible. Même Greg ne pouvait pas me vieillir et se rajeunir.

Je crus devenir fou. J'étais si perturbé que je ne pris pas garde à Biggie qui pénétrait dans ma chambre. Je m'écartai d'un bond.

– Non, Biggie ! Va-t'en !

Curieusement, il ne grogna ni ne montra les crocs. Biggie s'approcha de moi en frétillant joyeusement de la queue.

« C'est le monde à l'envers, me dis-je. Je vais me réveiller d'un instant à l'autre. »

– Matt ! Tout le monde t'attend ! appela ma mère. Je descendis l'escalier dans un état second. La famille se trouvait déjà dans la voiture. Ma mère démarra en trombe et s'arrêta quelques minutes plus tard devant le collège Madison, mon école. J'ouvris la portière et m'apprêtai à descendre quand ma mère me retint par le bras :

– Matt ! Que fais-tu ?

– Mais… je vais en cours.

– Arrête de plaisanter ! gronda ma mère. Je vais être en retard au travail.

Pam et Greg descendirent et partirent en courant. Je refermai la portière et elle reprit la route. Elle roula sur deux kilomètres encore et stoppa… devant le lycée !

– Voilà, Matt.

Je déglutis avec peine.

– Mais je ne peux pas y aller ! gémis-je. Je… je ne suis pas prêt !

– Qu'est-ce que tu as ce matin ? demanda ma mère, agacée. Allez, descends !

J'obéis. Avais-je le choix ?

– Passe une bonne journée ! lança-t-elle avant de redémarrer.

Je me tournai vers la gigantesque façade de verre du lycée. Une bonne journée ? Rien n’était moins sûr.

4

La sonnerie retentit et une foule d'adolescents s'engouffra dans le bâtiment. J'hésitais à entrer.

– Hé ! Presse-toi un peu ! grogna un surveillant en refermant la porte derrière moi.

Mon estomac se noua. C'était comme mon premier jour d'école. En mille fois pire ! J'aurais voulu hurler : « Je ne veux pas aller au lycée ! Je ne suis qu'en sixième ! »

J'errais dans les couloirs, en compagnie de centaines d'élèves inconnus. « Où dois-je aller ? m'inquiétai-je. Je ne sais même pas dans quelle classe je suis. »

C'est alors qu'un grand gaillard avec un blouson de base-ball avança droit sur moi. Il me bloqua la route.

– Euh… Salut…, bafouillai-je.

Qui était-ce ? Il restait là, planté devant moi en silence.

– Écoute, commençai-je. Je ne sais pas dans quel cours je suis. Tu ne sais pas où je dois aller, par hasard ?

Le grand gaillard fronça les sourcils d'un air mauvais.

– Pauvre imbécile, grogna-t-il. Tu vas payer pour ce que tu m'as fait hier.

De quoi pouvait-il parler ?

– Moi ? Je t'ai fait quelque chose ? Impossible ! Hier je n'étais même pas là !

Il abattit ses mains puissantes sur mes épaules et les serra.

– Aïe ! m'écriai-je.

Un surveillant passa à cet instant à nos côtés et la brute me relâcha aussitôt.

– Ce soir après les cours, murmura-t-il d'une voix lourde de menaces. Tu ne vas pas y couper…

Il repartit dans le couloir, comme s'il était le maître des lieux. Mon cœur battait à tout rompre. Paniqué, je me faufilai dans la première salle que je repérai. J'allai m'asseoir au fond. Une grande femme avec de longs cheveux noirs entra à son tour et s'approcha du tableau.

– Bien ! lança-t-elle d'une voix forte. Un peu de silence, s'il vous plaît ! Ouvrez vos livres à la page 57.

« On est dans quel cours ? », m'inquiétai-je.

Je me penchai légèrement sur ma voisine et jetai un coup d'œil sur le livre qu'elle sortait de son sac. Oh non ! C'était un livre de maths ! Les logarithmes… Logarithmes ! Qu'est-ce que ça voulait dire !

Soudain, le professeur posa les yeux sur moi. Elle me regarda, étonnée.

– Matt ? Que fais-tu là ? Nous avons cours à 14 h 30 ensemble, me rappela-t-elle. Pas maintenant.

– C'est vrai ! répondis-je en m'empressant de quitter la salle. Je me suis trompé, tout simplement.

Je refermai la porte derrière moi. « Ouf ! J'ai eu chaud ! pensai-je, soulagé. Ça m'étonnerait qu'elle me voie à 14 h 30. » J'avais bien l'intention de sécher son cours. Mais où aller à présent ?

Je repartis dans le couloir alors qu'une deuxième sonnerie retentissait. Un autre professeur, un petit gros avec des lunettes, allait fermer la porte de sa classe quand il me repéra.

– Vous êtes en retard comme d'habitude, Amsterdam, aboya-t-il. Allons, pressez-vous un peu !

J'entrai dans la salle et pris place à une table libre. Je regardai autour de moi. Apparemment, nous étions en cours de français. Chaque élève avait déjà sorti son livre dont le titre me sauta aux yeux : *Anna Karénine*. C'était un livre énorme : au moins mille cinq cents pages. Ils n'avaient quand même pas lu tout ça !

– Amsterdam, puisque vous êtes arrivé en dernier, vous serez le premier à lire. Page 47, s'il vous plaît. Je fis semblant de farfouiller dans mon casier et balbutiai :

– Euh…, Monsieur (comment s'appelait ce type ?), j'ai oublié mon livre.

– Bien entendu, soupira le professeur. Robertson, prêtez le vôtre à Amsterdam.

Je compris au bout d'une seconde que Robertson était la fille à la table voisine. Mais pourquoi ce prof appelait-il les gens par leur nom de famille ?

– Merci, Robertson, dis-je en prenant le volume. Elle fronça les sourcils. Elle n'aimait sans doute pas qu'on l'appelle Robertson. Mais je ne connaissais pas son prénom.

– Page 47, Amsterdam, répéta le professeur.

J'ouvris le livre et parcourus la page d'un regard nerveux. C'était rempli de mots compliqués… et les noms étaient russes !

« Ça va être la catastrophe », songeai-je. Je pris une profonde inspiration et tentai de me motiver. « Allez, Matt, lance-toi. Une phrase après l'autre. » Le problème, c'était que les phrases étaient interminables.

– On vous attend, Amsterdam, s'impatienta le professeur.

– La jeune princesse Kitty Shcherb… Sherba… Scherbet…

Robertson ricana doucement.

– Shcherbatskaya, articula le professeur. Nous avons déjà rencontré ces personnages, Amsterdam. Vous devriez les connaître à présent.

Shcherbatskaya ? Mais j'étais incapable de prononcer un mot pareil. On n'en rencontrait jamais en sixième !

– Robertson, prenez la suite d'Amsterdam, ordonna le professeur.

Robertson reprit son livre et se mit à lire à haute voix. Je m'efforçai de suivre l'histoire. Ça parlait de personnes qui se rendaient à un bal et d'hommes qui voulaient épouser la princesse. Des trucs de fille, quoi… J'étouffai un bâillement.

– Fatigué, Amsterdam ? intervint le professeur. Voilà qui va vous réveiller : dites-nous ce que signifie ce passage.

– Signifie ? répétai-je. Vous voulez savoir ce que ça signifie ?

– Vous avez bien compris…

Je devais gagner du temps. Quand ce satané cours allait-il prendre fin ?

– Signifie… Voyons ce que ça signifie, murmurai-je, comme si je réfléchissais à haute voix. Ça signifie donc quelque chose… C'est dur comme question…

L'ensemble de la classe se tourna vers moi ; tous attendaient de savoir comment j'allais me sortir de ce mauvais pas.

– Alors ? s'énerva le professeur en tapotant du pied. Je tentai la parade classique :

– Euh… Pourrais-je aller aux toilettes ?

Tout le monde éclata de rire… sauf le professeur.

– Mais bien sûr, répondit-il d'une voix glaciale. Et vous en profiterez pour rendre une petite visite au proviseur.

– Pardon ?

– Vous avez parfaitement entendu. Quittez ma classe à présent.

J'obéis sans tarder. Je n'aurais jamais imaginé que les professeurs de lycée étaient aussi sévères ! Je me surpris à regretter mon bon vieux collège. J'aurais donné n'importe quoi pour que ma vie redevienne comme avant.

J'errai dans les couloirs à la recherche du bureau du directeur. Je trouvai bientôt une porte en verre dépoli sur laquelle son nom était inscrit :

Mme McNab, proviseur.

« Pourquoi devrais-je y aller ? me dis-je. Elle va me passer un savon. »

J'allais tourner les talons quand j'aperçus quelqu'un qui fonçait vers moi. Quelqu'un que je n'avais aucune envie de voir.

C'était la brute de ce matin.

– Ah, ah ! Je te retrouve ! s'écria-t-il. Cette fois, je vais t'écrabouiller !

5

Tout à coup, je redoutais beaucoup moins l'entrevue avec le proviseur. Cette brute ne me poursuivrait sans doute pas jusque-là.

– Tu auras besoin de chirurgie esthétique quand j'en aurai fini avec toi ! hurla le garçon.

Je frappai à la porte en verre et me glissai vivement à l'intérieur de la pièce. Une dame aux cheveux gris rassemblés en chignon écrivait derrière un bureau. Elle releva la tête :

– Oui ? De quoi s'agit-il ?

Je m'efforçai de rassembler mes esprits.

– C'est... c'est le prof de français qui m'envoie, avouai-je.

– Assieds-toi, Matt, me dit-elle en désignant la chaise. Elle semblait très gentille et n'avait pas haussé le ton.

– Alors, quel est ton problème ? demanda-t-elle.

Rassuré par sa douceur, je me décidai à tout lui raconter.

– Il y a une erreur, commençai-je. Je n'appartiens pas à cette école. Je ne suis pas censé être au lycée ! Le proviseur fronça les sourcils :

– Qu'est-ce que tu me chantes ?

– Je n'ai que douze ans ! m'écriai-je, et je suis encore en sixième ! Comment pourrais-je faire le travail d'un lycéen alors que je vais au collège, d'habitude ? Elle me contempla un instant en silence puis contourna son bureau pour toucher mon front. « Elle veut savoir si j'ai la fièvre, réalisai-je. Ou alors elle me prend pour un fou. »

Elle s'adressa à moi d'une voix calme et posée :

– Tu es en seconde, Matt, pas en sixième. Tu sais cela, n'est-ce pas ?

– Je sais que j'ai l'air d'un adolescent, répondis-je, paniqué. Mais je ne peux pas faire le travail qu'on me demande ! Tout à l'heure, en cours de français, ils étudiaient un gros livre : *Anna* quelque chose. Je n'ai même pas su lire la première phrase !

– Du calme, Matt. Tu es capable de faire ce travail et je vais te le prouver.

Elle se dirigea vers ses classeurs, sortit un dossier et l'ouvrit devant moi. C'était mon dossier scolaire : je repérai mon nom en haut des pages. Il y avait mes notes de la sixième à la troisième et celles du premier trimestre de ma classe de seconde.

– Tu vois ? dit Mme McNab. Tu peux le faire puisque tu l'as déjà fait… Tu as une moyenne générale de 14. Il y avait même des 15 et des 16 dans certaines matières.

– Ce n’est pas possible. Je n’ai pas déjà vécu tout ça ! protestai-je.

J’avais fait un bond dans le futur, et je n’avais aucun souvenir de ces années-là.

– Madame McNab, vous ne comprenez pas, insistai-je. Hier encore, j’avais douze ans. Et ce matin, en me réveillant, j’en avais seize ! Ça veux dire que mon corps a seize ans, mais mon esprit n’en a que douze !

– Oui, je sais…, répondit le proviseur.

6

– Je sais que tu lis beaucoup de science-fiction, reprit Mme McNab. Mais tu n'espères tout de même pas me faire croire à une histoire aussi insensée ?

Elle croisa les bras et poussa un profond soupir : manifestement, elle commençait à perdre patience.

– Tu as gym en deuxième heure, n'est-ce pas ?

– Pardon ?

Elle jeta un rapide coup d'œil aux emplois du temps affichés sur son mur.

– C'est bien ce que je pensais, murmura-t-elle. Tu as un cours de gym et tu cherches à en être dispensé.

– Non ! Je vous dis la vérité !

– Tu iras en gym, jeune homme. Et dépêche-toi, ton cours va bientôt commencer.

Je la regardai d'un air abattu. J'aurais dû me douter qu'elle ne me croirait pas.

– Qu'est-ce que tu attends ? Je dois t'y conduire moi-même ?

– J'y vais, j'y vais.

Je quittai son bureau et m'élançai dans le hall. Mme McNab passa la tête par l'embrasure de la porte et s'écria :

– Et ne cours pas dans les couloirs !

« Pam et Greg prétendaient que le lycée était dur, songeai-je. Ils avaient tort : c'est un véritable cauchemar. »

Un coup de sifflet strident résonna dans le gymnase.

– Volley-ball ! hurla le professeur de gym.

C'était un grand type athlétique avec les cheveux coupés en brosse. Il désigna deux élèves pour qu'ils forment les équipes.

Un des capitaines, une fille nommée Lisa, me choisit pour son camp.

Les équipes s'avancèrent sur le terrain. C'était à nos adversaires de servir. La balle s'éleva dans les airs et fonça sur moi comme un boulet de canon.

– Je l'ai ! Je l'ai ! m'écriai-je… avant de la recevoir en plein front.

Je titubai un court instant. J'avais oublié que ma tête se trouvait plus haut que d'habitude.

– Réveille-toi, Matt ! hurla Lisa.

J'eus le sentiment que je n'allais pas faire des prouesses à ce jeu.

– À toi, Matt ! ordonna un joueur de mon camp.

Je levai les bras et, cette fois, m'emmêlai les pieds. Je m'affalai sur le garçon en face de moi, l'entraînant dans ma chute.

– Hé ! Fais attention ! protesta-t-il.

Il chercha à se relever et grimaça de douleur.

– Oooh, mon poignet !

Le professeur se précipita pour l'examiner :

– Tu ferais mieux d'aller à l'infirmerie.

Le garçon quitta le terrain en se tenant le bras.

– Bravo, Matt ! commenta Lisa d'un ton glacial. Tu es payé par l'équipe adverse ou quoi ?

Je rougis de confusion. Je savais bien que j'avais l'air stupide, mais je n'étais pas encore habitué à ma taille. Je n'arrivais pas à contrôler ce corps démesuré. Plusieurs mi-temps se déroulèrent sans problèmes… À aucun moment je n'avais eu à toucher la balle.

Lisa m'interpella alors :

– À toi de servir, Matt.

Je savais que mon tour arriverait bientôt. J'avais donc attentivement observé comment faisaient les autres. « Cette fois, je ne serai pas ridicule, me dis-je. Je vais marquer un point pour mon camp. » Je lançai la balle et la frappai du poing de toutes mes forces. Elle partit à une vitesse incroyable… et Lisa la reçut en pleine nuque.

– Tu es dingue ou quoi ? hurla-t-elle en massant son crâne endolori.

Le professeur accourut pour l'examiner.

– Mmm, tu vas avoir une jolie bosse, marmonna-t-il. Va montrer ça à l'infirmerie.

Lisa quitta le terrain en me foudroyant du regard. Le professeur me contempla, l'air incrédule :

– Qu'est-ce qui ne va pas, Matt ? Tu ne connais plus ta force ou tu veux éliminer tout le monde ?

– Je… je ne l'ai pas fait exprès, je vous jure ! bafouillai-je, confus.

Heureusement, l'élève chargé d'arbitrer la partie siffla la fin du match.

– Allez, hop ! Tout le monde sous la douche ! hurla le professeur.

Je gagnai les vestiaires et me changeai devant mon casier. « C'est de pis en pis, pensai-je. Et qui sait ce que me réserve la suite ? »

Midi sonna bientôt. Comment allais-je tenir une demi-journée supplémentaire ? C'était affreux. Je ne connaissais rien : ni mon emploi du temps, ni mes professeurs, ni mes salles de cours. Je vivais un véritable cauchemar. Le lycée m'apparaissait comme un endroit horrible. L'idée même d'y rester une heure de plus m'était insupportable.

Ma décision fut prise. Je quittai le gymnase et fonçai dans les couloirs en direction de la sortie. Dans le hall, je jetai un coup d'œil anxieux aux alentours. La brute me poursuivait-elle ? Le proviseur était-elle dans les parages ?

Non, personne. La voie était libre.

Je fonçai au-dehors. Et c'est alors que… patatras ! Oh non ! Pas encore !

7

Je venais de bousculer quelqu'un. Une jeune fille gisait à terre, des livres éparpillés autour d'elle. Je me précipitai pour l'aider à se relever.

– Tout va bien ? m'inquiétai-je.

Elle hocha la tête, un peu confuse.

– Ça va, me rassura-t-elle en souriant.

Ce n'était pas une lycéenne. Elle devait avoir mon âge. Enfin… mon âge d'hier : douze ans.

Elle était plutôt mignonne, avec de grands yeux bleus et une épaisse chevelure blonde rassemblée en queue de cheval. Elle se baissa pour ramasser ses affaires.

– Je vais te donner un coup de main, proposai-je aussitôt.

Je m'accroupis… et nos têtes se heurtèrent.

– Oh ! Ce n'est pas vrai ! me lamentai-je.

– Ne t'inquiète pas. Il y a des jours comme ça, répondit-elle avec un large sourire.

Elle ramassa ses livres et se releva :

– Je m'appelle Laura et toi ?

– Matt…

– Pourquoi es-tu si pressé, Matt ?

Que pouvais-je répondre ? Que j'étais enfermé dans le corps d'un autre ? Que ma vie était devenue un enfer ? La porte du lycée s'ouvrit à cet instant et je reconnus la silhouette du proviseur.

– Je dois partir, m'excusai-je. Je suis en retard.

Je fonçai aussitôt dans la rue, en espérant que Mme McNab ne m'avait pas repéré.

Je regagnai la maison au pas de course et m'affalai dans le canapé. Cette matinée avait été catastrophique. Et comment serait la suite ?

Je regardai la télévision jusqu'à ce que Pam et Greg rentrent de l'école.

Pam et Greg… Je les avais complètement oubliés. Ils étaient plus jeunes que moi à présent. De toute évidence, ils s'attendaient à ce que je m'occupe d'eux.

– Matt, un goûter ! Matt, un goûter ! répétait Pam en dansant autour de moi.

– Prépare-le toi-même ! répliquai-je.

– Je vais le dire à maman ! s'écria ma sœur. Elle t'a demandé de nous préparer le goûter et j'ai faim !

Je me souvins alors de l'excuse qu'ils employaient toujours en pareille circonstance :

– J'ai des devoirs à faire, prétextai-je.

C'était sans doute vrai. Pam et Greg croulaient sous les devoirs. Mais moi, comment parviendrais-je à faire le travail d'un lycéen ? Je n'avais même pas assisté à tous les cours, aujourd'hui. Et demain, il me faudrait aussi m'arranger avec l'autre brute. Qu'avais-je bien pu lui faire pour qu'il m'en veuille à ce point ?

Quand vint l'heure du coucher, je regagnai naturellement ma chambre. Quelle ne fut pas ma surprise de voir que Greg y dormait déjà. Je m'installai donc dans la chambre d'amis, retrouvant l'ambiance oppressante qui régnait dans cette pièce silencieuse.

J'eus du mal à trouver le sommeil, ne sachant plus ce qui m'arrivait, ne contrôlant plus rien. Et si ma vie continuait ainsi… à tout jamais ?

8

Lorsque je m'éveillai, le soleil entrait à flots par la fenêtre. C'était le matin. « Encore une fabuleuse journée de lycée qui s'annonce », pensai-je, vaincu d'avance.

Je refermai les yeux. Peut-être que, si je me rendormais, mes problèmes s'évanouiraient.

– Matt ! Il est l'heure ! appela maman.

Je poussai un profond soupir. Inutile d'y songer, ma mère ne me laisserait jamais manquer un jour de classe. Je ne pouvais pas y échapper.

– Matt ! hurla-t-elle de nouveau.

« C'est étrange, me dis-je. Sa voix est plus aiguë que d'habitude. »

Je me dressai et posai mes pieds à terre. Je restai un instant à les contempler. Ils avaient encore changé. J'avais retrouvé mes anciens pieds ! Je regardai mes mains. C'étaient les miennes. J'étais redevenu ce bon vieux moi-même !

Je me précipitai dans la salle de bains. Je devais absolument vérifier dans le miroir. J'ouvris la lumière… Oui ! J'avais à nouveau douze ans !

Je ne pus m'empêcher de danser de joie.

– Youpie ! J'ai douze ans ! Douze ans !

Évacués les problèmes ! Fini le lycée ! Envolée la grosse brute qui me cherchait des noises ! Le cauchemar était terminé. Ma vie allait recommencer comme avant. J'avais hâte de retrouver Pam et Greg, et leurs blagues idiotes. Et même cette teigne de Biggie.

– Matt ! Tu vas être en retard ! s'écria ma mère.

« Elle a dû attraper froid, me dis-je en m'habillant. Sa voix est vraiment différente. » Je dévalai les marches et pénétrai en trombe dans la cuisine.

– J'aimerais avoir des céréales ce matin, Mam… Je m'arrêtai net sur le seuil.

Un homme et une femme étaient assis à la table. Que faisaient-ils là ? Je ne les avais jamais vus !

9

– Je t'ai préparé des tartines, Matt, annonça la femme.

– Où est ma mère ? demandai-je. Où sont Pam et Greg ?

Le couple me contempla sans comprendre.

– Tu n'es pas bien réveillé ce matin, fiston, dit l'homme.

Fiston ?

La femme quitta la table et mit les bols dans l'évier.

– Bois ton jus d'orange, mon trésor. Papa va te déposer au collège ce matin.

Papa ?

– Je n'ai plus de père ! m'écriai-je. Il est mort quand j'étais bébé !

L'homme leva les yeux au ciel et engloutit le reste de sa tartine.

– Je savais qu'ils devenaient bizarres à cet âge, mais à ce point-là ?

– Où sont-ils ? m'emportai-je soudain. Qu'avez-vous fait de ma famille ?

– Je ne suis pas d'humeur à blaguer ce matin, trancha l'homme. Il est l'heure d'y aller.

Un chat noir et blanc se faufila dans la cuisine et vint se frotter contre mes jambes.

– Qu'est-ce que ce chat fait ici ? Où est Biggie ?

– Qui est Biggie ? interrogea la femme. De quoi parles-tu, Matt ?

Je sentis la panique me gagner. Mes jambes devinrent molles et je dus m'asseoir un instant.

– Vous… vous êtes… mes parents ? demandai-je, abasourdi.

La femme se pencha sur moi et m'embrassa tendrement sur le front.

– Je suis ta maman, voici ton papa, et c'est Réglisse, ton chat. C'est ainsi depuis toujours.

– Je n'ai pas de frère et de sœur ?

La femme décocha un regard inquiet à son mari qui haussa les épaules.

– Non, mon trésor, tu es fils unique.

Je grimaçai : ma mère ne m'appelle jamais mon trésor, elle réserve ça à Biggie.

– Je sais que tu aurais aimé avoir un frère, poursuivit-elle. Mais ça t'aurait vite déplu. Tu n'es pas très partageur…

Impossible d'en supporter davantage.

– Ça suffit ! m'emportai-je soudain. Arrêtez de me raconter n'importe quoi ! Je veux savoir ce qui m'arrive ! Mes « parents » échangèrent un regard incrédule.

– Qui êtes-vous ? hurlai-je d'une voix blanche. Où est ma vraie famille ? Je veux des réponses !

L'homme se leva vivement et me saisit par le bras.

– La plaisanterie a assez duré ! gronda-t-il, à bout de patience. Maintenant, tu prends tes affaires et tu vas à la voiture.

– Non !

– Va à la voiture, tout de suite !

Que faire ? Je n'avais pas vraiment le choix. Je suivis donc cet inconnu jusqu'à un véhicule flambant neuf… Rien à voir avec le tas de ferraille de ma mère. Je montai à côté du conducteur.

La femme se précipita au-dehors.

– Tu oublies tes affaires, mon trésor !

Elle me tendit un sac à dos et se pencha par la portière pour m'embrasser sur le front.

– Arrêtez ! protestai-je.

Je ne la connaissais pas assez pour accepter qu'elle m'embrasse à tout bout de champ.

L'homme démarra et engagea la voiture dans la rue.

– Passez une bonne journée ! s'écria la femme en faisant un signe de la main.

« Ils sont sérieux, réalisai-je effaré. Ils croient réellement être mes parents. » Un frisson d'angoisse me parcourut. Que m'arrivait-il encore ?

10

Un jour, je suis un garçon normal de douze ans. Le lendemain, j'en ai brusquement seize. Le surlendemain, j'ai de nouveau douze ans, mais je me retrouve dans une famille totalement inconnue !

J'observais les environs pendant le trajet. Je ne reconnaissais pas le quartier que nous traversions.

– Où allons-nous ? demandai-je timidement.

– Je te conduis à l'école, voyons. Tu ne crois tout de même pas qu'on va au cinéma ? répliqua mon « père ».

– Mais… ce n'est pas la bonne route.

L'homme se contenta d'émettre un grognement.

Il s'arrêta bientôt devant un collège… qui n'était pas le mien. Je n'avais jamais vu ces bâtiments.

– Allez, fiston, travaille bien.

Il se pencha sur moi et ouvrit ma portière. Je descendis du véhicule et l'homme redémarra en trombe. « Et voilà, me dis-je. J'ai douze ans et je vais dans une école inconnue. »

J'avançai de quelques pas, comme dans un rêve.

D'ailleurs, étais-je vraiment réveillé ? Je me pinçai pour vérifier… et grimaçai de douleur. Pas de doute, c'était la réalité.

Des collégiens pénétraient déjà dans les bâtiments en chahutant. Je me mêlai à la foule.

Soudain, je repérai une fille avec d'épais cheveux blonds rassemblés en queue de cheval. Elle se retourna et me décocha un large sourire. Son visage me sembla familier.

– Salut ! lança-t-elle joyeusement.

– Salut, répondis-je en sondant ses grands yeux bleus.

Je me triturais l'esprit : où l'avais-je rencontrée ? Je me présentai :

– Je m'appelle Matt.

– Moi, c'est Laura.

Laura ! Bien sûr ! Je l'avais bousculée la veille en fuyant le « lycée des Horreurs ».

– On s'est croisés hier, commençai-je.

Mais je préférai m'arrêter là. Comment pouvait-elle se douter que le garçon à qui elle parlait aujourd'hui était le même que l'adolescent maladroit de la veille ?

– C'est quoi, ton premier cours ? demanda-t-elle. Moi, j'ai « déjeuner ».

– Déjeuner ? À huit heures et demie !

Laura eut un petit rire :

– Toi, tu es nouveau, n'est-ce pas ? J'acquiesçai d'un hochement de tête.

– Cette école est si bondée qu'ils ne peuvent servir tout le monde à midi, alors ils étalent les repas sur la matinée.

– Moi aussi, j'ai « déjeuner », mentis-je.

C'était peut-être vrai, après tout. Comment savoir ? Je n'avais pas la moindre idée de mon emploi du temps.

Je suivis donc Laura jusqu'à la cafétéria. Ils étaient réellement en train de servir à déjeuner. Une forte odeur de choux de Bruxelles planait dans les airs. Je réprimai un haut-le-cœur.

– C'est un peu tôt pour moi, commentai-je.

– On peut déjeuner dans le parc, si tu veux. Il fait si beau.

Nous quittâmes la cafétéria pour aller nous installer sous un arbre. Laura sortit une petite boîte de lait chocolaté. Je fouillai mon sac à dos, supposant que ma nouvelle mère m'avait préparé un repas. En effet… Un sandwich au salami avec du ketchup. Une barquette de carottes râpées et un flan à la vanille. Tout ce que je détestais.

Laura remarqua ma mine dépitée et me tendit un cake au chocolat.

– Tu le veux ? Moi, je n'ai pas très faim…

– Merci.

Laura était quelqu'un de très sympa. Elle était en tout cas la personne la plus gentille de toutes celles que j'avais rencontrées dans mes cauchemars éveillés. Et si elle pouvait comprendre ce qui m'arrivait ? J'avais tellement besoin de me confier à quelqu'un, je me sentais si seul.

– Est-ce que nous ne nous sommes pas déjà croisés ? hasardai-je.

Elle me dévisagea en silence pendant un instant.

– Oui, dit-elle finalement. Je crois bien t'avoir vu dans le quartier.

– Ce n'est pas ce que je voulais dire…

Comment parler de ma situation sans qu'elle me prenne pour un fou ?

– Tu ne serais pas passée près du lycée hier ? demandai-je prudemment.

– Oui, il est sur le chemin de ma maison.

– On ne t'aurait pas bousculée ? Un adolescent ? Juste devant le lycée ?

Laura allait me répondre quand quelque chose attira son attention. Je suivis son regard.

Deux garçons avançaient vers nous. Ils portaient des jeans et des T-shirts noirs. Le premier avait un bandana bleu noué sur la tête. L'autre avait découpé les manches de son T-shirt pour exhiber ses bras musclés. Ils devaient avoir seize ou dix-sept ans. Que faisaient-ils au collège ?

Ils fonçaient droit sur nous, serrant les poings, la mine sévère. Mon cœur se mit à battre plus fort. D'instinct, je sus que je devais me méfier d'eux. Peut-être était-ce seulement leur allure de voyous qui m'inquiétait ?

– Tu les connais ? demandai-je à Laura.

Elle n'eut pas le temps de me répondre. Le premier venait de me désigner en hurlant :

– C'est lui ! Attrapons-le !

11

Les deux voyous s'élancèrent dans ma direction. Que me voulaient-ils donc ? Le moment était mal choisi pour y réfléchir. Je me relevai d'un bond et détalai à toute allure, la peur au ventre.

– Arrêtez-le ! entendis-je.

Je jetai un coup d'œil par-dessus mon épaule : Laura s'était mise en travers de leur chemin et leur barrait la route.

– Merci, Laura, murmurai-je en fonçant sans tarder vers la sortie.

Je courus à perdre haleine dans ce quartier inconnu. À quelques rues du collège, je m'arrêtai pour reprendre mon souffle et scrutai les alentours nerveusement. Personne en vue. Ni les deux brutes ni Laura. « J'espère qu'elle va bien », pensai-je.

Manifestement, les deux garçons ne lui voulaient aucun mal. Ils en avaient seulement après moi. Mais pourquoi ?

La veille déjà, une brute avait voulu me frapper.

Aujourd'hui, deux autres types me prenaient en chasse. Il y avait de quoi paniquer. Non seulement je me réveillais dans des univers inconnus, mais à chaque fois j'y trouvais des personnes hostiles. Qui étais-je dans ces mondes ? Qu'avais-je donc fait pour que l'on m'en veuille à ce point ?

J'errai plusieurs heures au hasard des rues avant de retrouver le chemin de ma maison.

Mes « parents » étaient absents, la porte était verrouillée. Par chance, la fenêtre de la cuisine était ouverte. Je me glissai à l'intérieur et observai les lieux : le décor était le même, mais ma vraie mère, mon frère, ma sœur et mon chien avaient disparu. Existait-il encore des gens que je connaissais ? Ma vraie mère était peut-être partie en voyage ou peut-être était-elle allée rendre visite à de la famille ? Oncle Andy et tante Margaret ! Je me précipitai sur le téléphone et composai leur numéro. J'écoutais, le cœur battant, la sonnerie à l'autre bout du fil. Une voix d'homme répondit :

– Allô ?

– Oncle Andy ? m'écriai-je. C'est moi, Matt !

– Qui est à l'appareil ?

– C'est moi, Matt ! répétai-je. Ton neveu !

– Je ne connais aucun Matt, dit l'homme sur un ton bourru. Vous avez composé un faux numéro.

– Oncle Andy… Attends ! hurlai-je.

– Je ne m'appelle pas Andy, grogna l'homme.

Et il raccrocha… Abasourdi, je regardais le combiné. Cet homme n'avait pas la voix de mon oncle, mais dans ma hâte j'avais peut-être inversé des chiffres. J'appuyai de nouveau sur les touches en m'appliquant.

– Allô ?

C'était encore cet inconnu. Je tentai une autre approche :

– Andy Amsterdam est-il là, s'il vous plaît ?

– Encore toi ? Il n'y a pas d'Andy ici ! hurla-t-il. La tonalité résonna de nouveau. Je ne voulais pas céder à la panique, mais, malgré tout, je tremblais légèrement. J'appelai les renseignements :

– Pourrais-je avoir le numéro de Andrew Amsterdam, s'il vous plaît ? Il habite dans cette ville ? demandai-je à l'opératrice.

Après quelques secondes d'attente, elle me répondit :

– Désolée, il n'y a aucun abonné à ce nom.

– Et Margaret Amsterdam ?

– Je viens de vous le dire, Monsieur. Il n'existe aucun abonné au nom d'Amsterdam.

Je raccrochai, le cœur battant la chamade.

« Comment est-ce possible ? », me demandai-je. Sans chercher plus longtemps la réponse à cette question, je réfléchis : je devais bien connaître quelqu'un… quelque part.

Je tentai de joindre mon cousin Chris. Là encore, ce fut un inconnu qui décrocha. C'était comme si Chris n'avait jamais existé. Comme pour mon oncle, et pour ma mère. Comment toute ma famille avait-elle pu disparaître ? La seule personne que je connaissais un peu était Laura. Mais, elle non plus, je ne pouvais pas l'appeler, je ne savais pas son nom de famille.

Soudain, la porte d'entrée s'ouvrit. La femme qui prétendait être ma mère pénétra dans la salle, les bras chargés de paquets.

– Matt, mon trésor ! Que fais-tu à la maison à cette heure ?

– Ça ne vous regarde pas ! répliquai-je avec hargne.

– Matt, ne me parle pas sur ce ton…

Peut-être aurais-je dû me montrer moins agressif. Mais quelle importance, après tout ? Elle n'était pas ma mère. Ma vraie mère avait disparu de la surface de la terre.

Je frissonnai en réalisant que j'étais seul…, totalement seul. Je ne connaissais plus personne, même pas mes parents.

12

– C’est l’heure de dormir, mon trésor, annonça ma « mère ».

J’étais resté devant la télévision toute la journée, ne la regardant que d’un œil distrait. La femme n’avait pas insisté pour que je retourne à l’école. Je lui avais dit que j’avais eu un malaise et que l’infirmière m’avait permis de rentrer. « Sans doute devrais-je m’habituer à vivre avec ces gens, me raisonnais-je. Je vais peut-être rester bloqué ici à tout jamais. »

Le seul moyen d’avoir la réponse était d’attendre le lendemain.

Je gravis les marches d’un pas lourd. Ma petite chambre avait été transformée en atelier de couture. Je dus donc m’installer, une fois encore, dans la chambre d’amis.

– Bonne nuit, mon trésor, dit ma « mère » en éteignant la lumière. À demain matin.

Le matin… Comme je redoutais ce moment ! Ma vie devenait chaque jour plus étrange, je craignais même de m'endormir.

Où allais-je me réveiller cette fois ? Et dans la peau de qui ? Je ne voulais plus voir ces faux parents, d'accord, mais qui aurai-je à leur place ? Et si je me réveillais seul, dans un monde vide ?

Je luttai contre le sommeil. J'avais trop peur de ce qui pouvait se passer. J'aurais voulu que tout redevienne normal. J'acceptais même de retrouver Pam, Greg et leurs blagues idiotes, pourvu que ce cauchemar s'arrête.

Finalement, je dus m'assoupir, car, lorsque j'ouvris les yeux, le jour était levé. Je demeurai immobile pendant une minute, puis regardai autour de moi, me demandant ce qui avait changé. Le décor était le même : j'étais toujours dans la chambre d'amis. Je perçus alors des bruits et des cris. Manifestement, il y avait beaucoup de monde dans la maison. Un air d'accordéon parvenait du rez-de-chaussée. Je n'avais donc pas retrouvé mon ancienne famille.

Mon cœur se mit à battre à tout rompre. Où avais-je atterri cette fois ? Qu'allais-je découvrir ?

« Chaque chose en son temps, me dis-je pour me calmer. J'ai quel âge aujourd'hui ? »

Je jetai un coup d'œil à mes mains : Oh non ! elles avaient rétréci…

Je me levai d'un bond et me précipitai dans la salle de bains, m'efforçant de ne pas céder à la panique. Le miroir me sembla plus haut que d'habitude. Je me regardais dans la glace : j'avais bien rajeuni. Je devais avoir huit ans.

– Huit ans, soupirai-je. Je suis en cours élémentaire. Au moins, je n'aurai pas de problèmes avec les maths.

Soudain, je sentis comme une brûlure dans mon dos. C'étaient des griffes ! Des petites griffes qui s'enfonçaient dans ma peau.

Je poussai un hurlement strident.

13

Quelque chose venait de me sauter dessus !

Une face hirsute apparut dans le miroir. Un animal grimaçant s'accrochait à mes épaules.

– Fiche le camp ! m'écriai-je.

La créature se mit alors à pousser des hurlements suraigus.

Je quittai la salle de bains en me débattant… et me heurtai à un colosse.

– Enlevez cette chose !

L'homme s'empara de l'animal et éclata d'un rire sonore.

– Qu'est-ce qui se passe, Matt ? tonna-t-il. Tu as peur de Pansy à présent ?

Pansy ? Je levai les yeux vers le géant. Il caressait un ouistiti. L'homme ébouriffa mes cheveux :

– Habille-toi vite, bonhomme. On a une répétition ce matin.

Une répétition ? Que voulait-il dire ?

J'examinai ce géant. Il avait un ventre énorme, des cheveux noirs luisants et une moustache en crocs. Mais le plus étrange était son accoutrement : il portait un costume rouge vif, orné de rubans dorés et un ceinturon avec une boucle de la taille d'une soucoupe ! « Oh non ! pensai-je, totalement effaré. Ce n'est quand même pas… mon père ? »

L'homme me tendit un vêtement plié.

– Enfile ton costume, fils, et va prendre ton petit déjeuner.

J'avais bien deviné. C'était mon père… pour aujourd'hui, du moins. C'était horrible : mes familles d'accueil empiraient chaque jour.

– À table ! hurla une voix depuis le rez-de-chaussée. « Ça, c'est "maman" », me dis-je, totalement abattu. D'autres enfants surgirent en braillant des chambres voisines et s'engouffrèrent dans l'escalier. J'en comptai six, de tous âges.

Je m'efforçai de retrouver mon calme et résumer les faits. Aujourd'hui j'avais huit ans, six frères et sœurs et un singe domestique. Je n'avais pas encore rencontré ma mère, mais mon père était vêtu comme un échappé de l'asile. Il y avait de quoi perdre son sang froid.

J'examinai la tenue que je devais porter. Quelle horreur ! C'était un justaucorps bleu électrique avec des rayures blanches sur les jambes et des étoiles sur le torse.

Qu'étais-je supposé faire avec ? Et c'était quoi, cette répétition ? Je jouais dans une pièce de théâtre ?

J'enfilai néanmoins le costume qui me colla au corps comme une seconde peau. Je me sentais totalement ridicule. La mort dans l'âme, je descendis prendre le petit déjeuner.

Je marquai un temps d'arrêt sur le seuil de la cuisine. Une marmaille trépignante se jetait la nourriture au visage en riant. Le singe arpentait la table et chapardait dans les assiettes. Une grande femme mince préparait des crêpes… en uniforme de velours rouge bordé de fourrure. Elle portait un diadème. C'était sans doute ma nouvelle maman…

J'avais réellement atterri chez les fous !

– Assieds-toi vite, Matt ! lança-t-elle. Et mange avant qu'ils n'aient tout dévoré !

Je me servis quelques crêpes et pris place à table. Régulièrement, je devais éloigner le ouistiti.

– Comme tu es mignon, Matt, dans ton costume de super-héros, railla une de mes sœurs.

– Mignon comme un cœur, renchérit le garçon assis à côté d'elle.

Il devait avoir deux ans de plus que moi. Il se pencha par-dessus la table et pinça ma joue… fortement.

– Ce brave petit Matt, maugréa-t-il. Maintenant, c'est lui, la grande vedette du cirque.

Un cirque ? Je restai un instant, ma fourchette en l'air. Mais oui ! Je comprenais mieux, à présent ! Le singe, les costumes démentiels. Je pris ma tête à deux mains. Matthieu Amsterdam, vedette de cirque. C'était à pleurer et, de toute évidence, mon frère était jaloux parce que je tenais le haut de l'affiche.

S'il voulait ma place, je la lui cédais volontiers.

– Laisse Matt tranquille ! gronda ma mère. Il va encore avoir le trac !

Je regardai de nouveau mes frères et sœurs. Ils portaient tous des vêtements en satin brillant ou à paillettes. Pas de doute, j'étais dans une famille de saltimbanques. Je sentis comme un poids sur mon estomac. C'était bien ma veine ! J'ai toujours détesté le cirque, même quand j'étais petit. À présent, le cirque était ma vie, et j'en étais la vedette...

– Hop ! Répétition ! hurla soudain mon père.

Il vissa un haut-de-forme sur son crâne et s'empara d'un fouet.

– Hop ! Hop ! Et que ça saute !

Ma ribambelle de frères et sœurs quitta la table. Je leur emboîtai le pas.

Nous allâmes nous entasser dans un vieux van, bariolé de couleurs vives. « Maman » prit le volant et démarra sur les chapeaux de roue !

Mes frères et sœurs se chamaillèrent durant tout le trajet. Une des petites, hilare, passa son temps à me pincer tandis qu'une autre me chatouillait.

– Arrêtez ! m'écriai-je, exaspéré.

Quel que soit le monde où j'atterrissais, pourquoi fallait-il toujours que mes frères et sœurs soient insupportables ?

Bientôt, le véhicule se gara sur un vaste terre-plein où se dressait un chapiteau.

– Hop ! Hop ! Tout le monde dehors ! ordonna mon père.

La famille sortit dans une joyeuse bousculade. Je suivis la troupe à distance.

L'intérieur de la tente était plutôt impressionnant. Plusieurs numéros étaient déjà en cours de répétition. Je remarquai un homme perché sur des échasses interminables. Un éléphant dansait, dressé sur ses pattes arrière. Des clowns tournaient en rond dans de minuscules voitures à pédales.

« Qu'est-ce que je suis censé faire ? », m'inquiétai-je. Deux de mes sœurs grimpèrent prestement à une échelle de corde et entamèrent des exercices au trapèze. Je les contemplais, pétrifié d'horreur.

Ah non ! Pas le trapèze ! Pour rien au monde, je ne grimperai là-haut ! Même sous la menace d'un pistolet !

– Allez, Matt, au travail ! appela mon père.

« Pas le trapèze, suppliai-je intérieurement. Pas le trapèze ! »

L'homme me prit par l'épaule et m'éloigna de l'échelle de corde. Je retrouvai un peu mon calme. Quel que soit mon numéro, ça ne pouvait pas être pire que la voltige.

J'avais tort… « Papa » me conduisit à la limite du chapiteau jusqu'à une enceinte grillagée. Il ouvrit la porte.

– Allez mon fils, entre…

Je crus que mes yeux allaient jaillir de leurs orbites.

– En… entrer ? bafouillai-je. Mais il y a un lion là-dedans !

Comme pour souligner mes propos, l'animal poussa un rugissement terrifiant. Je reculai, tremblant de tous mes membres.

– Bon… Tu entres, oui ou non ? s'impatienta mon père.

J'étais tétanisé, incapable de bouger. Alors, il me poussa à l'intérieur de la cage et referma la porte.

14

J’allai me réfugier contre les barreaux. Je tremblais tellement que je crus que j’allais m’évanouir.

Le lion leva la tête et huma l’air. J’avais entendu dire que les animaux peuvent sentir la peur, et, manifestement, celui-là avait du flair.

Mon « père » pénétra lui aussi dans la cage.

– Nous allons essayer un nouveau tour aujourd’hui, annonça-t-il. Tu vas chevaucher le lion.

Chevaucher le lion… J’étais en plein cauchemar ! Quand cela allait-il cesser ?

L’animal plongea ses yeux jaunes dans les miens et poussa un nouveau rugissement. Je reçus son souffle chaud en pleine face, comme une gifle.

Puis il s’avança lentement vers moi, mais mon père fit claquer son fouet et la bête s’immobilisa.

– Allez, Matt, grimpe sur le dos d’Hercule. Tu t’assois juste derrière son encolure et je vais le faire circuler autour de la cage.

Je contemplais mon père, stupéfait, incapable d'émettre le moindre son.

– Pourquoi me regardes-tu comme ça ? s'étonna-t-il. Ne me dis pas que ce brave Hercule t'effraie. Effrayé n'était pas le mot juste. J'étais terrifié. Le fouet claqua de nouveau.

– Aucun de mes fils n'est une mauviette ! cria-t-il. Grimpe immédiatement sur ce lion !

Le fouet fendit l'air et claqua comme un éclair à mes pieds. Je sursautai.

Mon « père » pouvait toujours attendre que je chevauche ce monstre. Il était hors de question que je reste une seconde de plus dans cette cage.

– Nooon ! m'écriai-je.

Je secouai la porte jusqu'à ce qu'elle s'ouvre et filai si vite que l'homme n'eut pas le temps de me retenir. « Une cachette, vite ! Je dois me cacher ! » pensai-je.

Je quittai l'enceinte du chapiteau et repérai deux caravanes sur l'aire de stationnement. Je les contournai en toute hâte… et me heurtai à Laura.

– Toi ? m'étonnai-je.

C'était incroyable qu'elle continue d'apparaître dans mes différentes existences.

– Je dois me cacher ! lui dis-je. J'ai des problèmes !

– Qu'est-ce qui se passe, Matt ? s'inquiéta-t-elle en voyant mon visage décomposé par la peur.

– On veut me livrer à un lion ! hurlai-je. Aide-moi ! Laura tenta d'ouvrir la porte d'une caravane. Impossible…

– Oh non ! me lamentai-je. Regarde !

Je désignai le bout du parking : deux types accouraient vers nous.

Eux aussi, je les avais déjà rencontrés. C'étaient les adolescents de la veille ! Ils m'avaient retrouvé ! Je m'enfuis à toutes jambes et jetai un regard paniqué aux alentours. Aucune cachette en vue… à part le chapiteau.

Je me glissai sous la toile et m'immobilisai, retenant mon souffle. J'espérais qu'ils ne m'avaient pas vu. Soudain, j'entendis une des brutes s'écrier :

– Par là ! Il a filé sous la tente !

Comme les projecteurs avaient été éteints, je repartis à tâtons dans l'obscurité.

– Attrapons-le !

Les deux voyous s'étaient faufilés à ma suite et me talonnaient. Je me mis à courir au hasard… et heurtai la cage du lion.

15

Sans réfléchir, je pénétrai dans l'enceinte et claquai la porte derrière moi. Mes adversaires déboulèrent dans la seconde qui suivit et agrippèrent les barreaux de la cage.

– Tu ne peux plus nous échapper ! hurla celui qui portait un bandana sur la tête.

Je regardai autour de moi et constatai avec horreur que le dompteur — mon soi-disant père — n'était plus là. J'étais seul dans la cage avec le lion.

– Tout doux… Tout doux, murmurai-je en longeant prudemment l'enceinte pour m'éloigner des deux brutes.

Immobile au centre du périmètre, Hercule suivait le moindre de mes mouvements. Les garçons secouèrent les barreaux jusqu'à ce qu'ils trouvent la porte. Ils avancèrent alors vers moi.

– Cette fois, on te tient ! grogna le premier en serrant les poings.

Un rugissement les immobilisa.

– Ce n'est qu'un vieux lion de cirque, prétendit le plus costaud des deux. Il est inoffensif.

Il essayait de paraître sûr de lui, mais on sentait bien, au léger tremblement de sa voix, qu'il n'était pas convaincu de ce qu'il avançait.

Je profitai de ce répit pour continuer à longer l'enceinte, pas à pas. Mon unique chance était de placer le lion entre mes agresseurs et moi.

L'adolescent au bandana se remit en mouvement, mais Hercule se leva, le faisant reculer aussitôt. Le regard de l'animal passait constamment de mes poursuivants à moi, comme s'il hésitait à choisir sa proie.

– Faites attention ! prévins-je. Il n'a pas encore mangé !

Les deux garçons échangèrent un regard nerveux. Voyant qu'ils hésitaient, je poursuivis :

– Il m'obéit ! Je suis son maître ! Il peut attaquer sur mon ordre !

– Il ment, grogna le garçon au bandana.

Son compère était moins assuré.

– Je ne mens pas ! Partez immédiatement ou je le lâche sur vous !

Le second garçon esquissa un mouvement vers la porte. L'autre le retint par le bras et lui affirma :

– Il n'y a aucun danger.

– Allez, Hercule ! Attaque ! hurlai-je. Attaque !

Le lion poussa un rugissement assourdissant et fouetta l'air avec ses pattes avant, toutes griffes dehors.

Les deux brutes reculèrent en hâte vers la sortie.

Hercule s'élança à leur suite. Ils claquèrent la porte derrière eux et le garçon au bandana frappa les barreaux d'un geste rageur.

– Tu ne nous échapperas pas ! cria-t-il. Tu verras, on se retrouvera !

– Qu'est-ce que vous me voulez ? lançai-je tandis qu'ils s'éloignaient. Qu'est-ce que j'ai fait, hein ? Qu'est-ce que j'ai fait ?

16

J'attendis quelques instants avant de quitter la cage. Hercule ne chercha pas à m'en empêcher et j'allai me réfugier dans le van de mes « parents ». J'y restai la journée entière. Finalement, la famille revint s'entasser dans le véhicule.

– Ah, te voilà ! Je t'ai cherché partout ! Où étais-tu donc passé ? grommela le dompteur, furieux.

– J'étais malade, mentis-je. J'ai dû m'allonger.

– Nous recommencerons le tour demain. Tu dois absolument l'apprendre...

Je ne répondis rien, persuadé que demain m'emporterait ailleurs.

Même si, jusqu'ici, ma situation n'avait fait qu'empirer chaque matin, je gardais espoir.

J'allai me coucher tôt, ce soir-là. J'avais hâte que cette existence de saltimbanque s'achève.

Mon ancienne chambre était à présent un dortoir avec plusieurs lits superposés. Jamais je n'arriverais à dormir en compagnie de cette marmaille hurlante.

Je regagnai donc la chambre d'amis.

Ce soir-là encore, j'eus du mal à trouver le sommeil. Je me retournais sans cesse dans ce grand lit froid. Comment se détendre quand on ne sait pas dans quel monde on se retrouvera au réveil ?

Je comptais les moutons… en vain. Je m'efforçais alors d'imaginer les existences que je pouvais avoir. Si seulement je me réveillais dans la peau d'un joueur de base-ball célèbre… ou dans celle d'un enfant milliardaire qui obtient ce qu'il veut rien qu'en claquant des doigts… ou alors en aventurier de l'espace. Pourquoi cela n'arrivait-il pas ?

Je me pris à espérer retrouver ma vraie famille. Pam et Greg me menaient la vie dure, mais je m'y étais habitué. Ils me manquaient même énormément. Épuisé, je finis par m'endormir peu avant l'aube.

Je m'éveillai quelques heures plus tard et contemplai la pièce.

« Où suis-je ? », me demandai-je aussitôt.

La maison était silencieuse. Les saltimbanques avaient donc disparu.

« Je dois m'habituer à ces changements fréquents, me raisonnai-je. Allez, autant savoir tout de suite qui je suis, ce matin. »

Je me levai et titubai un peu. J'avançai d'un pas hésitant vers la salle de bains et scrutai mon visage dans le miroir. Oh non !

C'était impossible ! C'était pire que la veille ! C'était même pire que tout !

17

J'étais devenu un vieillard !

Non ! C'était insupportable. Je retournai me coucher aussi vite que mes pauvres jambes me le permettaient.

Je me glissai sous les couvertures et fermai les yeux. Je n'avais aucune envie de passer un seul jour dans la peau d'un vieil homme souffrant de rhumatismes. J'avais le temps pour vivre ce genre d'expérience. Heureusement, je m'endormis rapidement.

À mon réveil, je sus aussitôt que je m'étais encore transformé : je débordais d'énergie. Je n'étais donc plus un vieillard ! Je me sentais doté d'une force incroyable. « Peut-être suis-je un sportif professionnel ? », pensai-je avec espoir.

Je frottai mes yeux et regardai mes mains. Un gémissement m'échappa.

Elles… elles étaient vertes ! Ma peau était vert sombre et mes doigts se terminaient par de longues griffes !

Gagné par la panique, je bondis hors du lit. En quoi m'étais-je transformé ? Je me précipitai le cœur battant dans la salle de bains.

Et là, je poussai un hurlement horrifié en me contemplant dans le miroir.

J'étais devenu un monstre. Un monstre ignoble et repoussant !

18

– Non ! Ça ne peut pas m'arriver ! criai-je.

À la place de cette phrase, j'entendis un grondement qui fit trembler les murs.

La panique me submergea. Non seulement j'étais un monstre, mais en plus je ne pouvais plus parler ! Je devais faire près de deux mètres de haut. Ma peau vert sombre striée de noir luisait comme celle d'un reptile. Je ressemblais à un dinosaure, avec une crête de piquants sur le haut du crâne. Mes pattes aux griffes acérées raclaient le carrelage.

J'aurais mille fois préféré rester un vieillard. Mon existence avait encore empiré. Quand cela finirait-il ? Comment pouvais-je m'en sortir ?

Je repensai à Laura. Elle était la seule qui apparaissait dans les différents univers. Et elle m'avait aidé à fuir les brutes qui me poursuivaient. « Il faut que je la trouve. Elle ne doit pas être loin. C'est mon unique chance. »

Je descendis au rez-de-chaussée. Les marches craquèrent sous mon poids. La maison était déserte, c'était déjà ça… Je n'aurais pas aimé avoir une famille composée de lézards préhistoriques.

Je déboulai dans la rue en appelant :

– Laura ! Où es-tu ?

Un cri terrifiant sortit de ma gorge. Une voiture qui passait à ce moment freina brusquement. Le visage du conducteur se décomposa.

– N'ayez pas peur ! dis-je.

Mais, là encore, il ne sortit de ma bouche qu'un grognement enragé. Le pauvre homme fit marche arrière… et emboutit la voiture qui le suivait.

Comme je me précipitais pour m'assurer que personne n'était blessé, les passagers de l'autre véhicule — une femme et son enfant — s'enfuirent à toutes jambes en poussant des hurlements horrifiés.

Je gagnai le centre-ville, piétinant les plates-bandes et renversant les poubelles avec ma longue queue de reptile. J'avais du mal à contrôler ce corps démesuré. Mon apparence monstrueuse provoqua un vent de panique. Les gens détalaient devant moi comme si la fin du monde était arrivée. Pourtant, je ne leur voulais aucun mal.

« Laura. Je dois absolument trouver Laura… » Je m'efforçais de conserver cette unique pensée à l'esprit, mais, peu à peu, un autre objectif prit le dessus : manger… J'étais affamé. J'avais des envies de métal, de métal craquant. Manger. Cette pensée devenait obsédante. Je devais dévorer du métal.

N'y tenant plus, je bondis devant un cabriolet flambant neuf. Le conducteur écrasa le frein, laissant une longue traînée de caoutchouc sur la chaussée. Je frappai mon torse comme un gorille en furie. C'était terrible, je n'arrivais pas à contrôler mes instincts.

Le chauffeur s'aplatit dans son véhicule tandis que j'arrachais un essuie-glace et le dévorais.

– Non ! Ne me faites pas de mal ! hurla l'homme en abandonnant sa voiture.

J'arrachai la portière d'un coup de pattes et l'engloutis en quelques bouchées. Mes mâchoires aux crocs acérés n'avaient aucun mal à broyer le métal. Je m'attaquai bientôt au capot.

De longs filaments de salive dégoulinaient de mes babines. Je ne parvenais pas à dominer les instincts du monstre. J'allais déchiqueter le toit quand des sirènes hurlantes résonnèrent à mes oreilles.

Je jetai un coup d'œil aux alentours. Une foule était rassemblée à bonne distance de moi. Des voitures de police arrivaient de partout. Des voix jaillirent de haut-parleurs : les policiers demandaient aux gens de dégager la rue ; d'autres sortaient un immense filet. Mieux valait pour moi que je ne m'attarde pas. Je fonçai au hasard et la foule se dispersa sur mon passage comme une volée de moineaux.

Je devais fuir au plus vite. S'ils me capturaient, je resterais piégé dans mon corps de monstre… Ou pis encore : ils pouvaient décider de m'abattre.

Il me fallait trouver une cachette.

Je m'engageai dans une rue marchande, provoquant une fois encore un vent de panique. C'est alors que je repérai Laura. Elle était la seule à courir dans ma direction.

Elle me saisit la patte et, sans manifester la moindre crainte, m'entraîna dans une ruelle. Nous réussîmes à semer la foule.

Laura me conduisait à présent par des quartiers déserts. Je n'osais parler, de crainte que mes hurlements ne l'effraient.

Nous atteignîmes les limites de la ville et Laura s'enfonça dans les bois.

« Elle doit savoir où elle va, pensai-je. Elle me conduit vers une cachette. »

Comme j'aurais aimé pouvoir lui manifester ma reconnaissance !

Notre fuite nous conduisit bientôt devant une petite ferme noyée dans la végétation. Les bâtiments semblaient à l'abandon et disparaissaient sous le lierre. « C'est une cachette idéale, me dis-je. Comment Laura connaît-elle cet endroit ? »

Mais l'heure n'était pas aux questions. Je la suivis de bonne grâce à l'intérieur.

Je pénétrai dans une pièce sombre sans aucun mobilier. Je commençais à retrouver mon calme quand des ombres bougèrent sur ma gauche. Je repérai deux silhouettes…

Non ! Pas eux !

Les garçons en noir. Ils étaient là !

– Joli travail, Laura, dit celui qui portait un bandana. Tu as réussi à nous l'amener.

19

Je poussai un rugissement effroyable. Laura m'avait trahi !

Je devais fuir... au plus vite.

Je m'élançai d'un bond vers la sortie. Mais les garçons avaient prévu ma réaction. Ils lancèrent un filet plombé qui me recouvrit. Je trébuchai... et tombai lourdement.

Le piège s'était refermé sur moi.

J'eus beau me débattre, frapper et grogner, chacun de mes mouvements m'empêtrait davantage dans le filet. J'en lacérais les mailles. Je les mordais, les griffais... en vain. Ce filet était composé d'une matière inconnue qui résistait à tous mes assauts. Je luttais encore pendant de longues minutes jusqu'à ce que mes forces faiblissent.

Laura et les garçons me regardaient en silence. Ils attendaient patiemment que je m'épuise. Finalement, je cessai de me débattre, haletant.

Un des garçons prit alors la parole :

– Allons-y ! Enfermons-le ! ordonna-t-il.

Malgré mes grognements de protestation, ils me traînèrent sans ménagement jusqu'à une petite pièce située au fond de la ferme. Là, ils m'abandonnèrent et verrouillèrent la porte à double tour.

Je me trouvais à présent dans un réduit obscur et poussiéreux, éclairé par une petite fenêtre pourvue de barreaux.

« Je pourrais broyer ces barres si je n'étais pas coincé dans ce filet… », me dis-je.

Gisant à même le sol, j'attendis longtemps, dans le silence. Personne ne revint. Aucun bruit ne filtrait de la pièce voisine.

Peu à peu, le jour déclina.

Je ne pouvais rien faire, sinon dormir. Dormir avec l'espoir que, demain, j'aurais retrouvé forme humaine.

20

Je m'éveillai barbouillé, avec un poids sur l'estomac. Et là, je me souvins : j'avais dévoré du métal, la portière d'un cabriolet. Je me redressai et hésitai un instant avant de regarder mes bras. Je poussai un soupir de soulagement en constatant que j'étais de nouveau un humain... Le filet était jeté dans un coin de la pièce. On m'avait libéré pendant mon sommeil.

Qui étais-je aujourd'hui ? Mes bras et mes jambes étaient d'une maigreur incroyable. À en juger par la taille de mes membres, je devais avoir environ quatorze ou quinze ans. Mais je préférais encore être un adolescent menu qu'un monstre repoussant. J'étais toujours emprisonné dans cette ferme au fond des bois.

Pourquoi les deux garçons m'avaient-ils capturé ? Que me voulaient-ils ? Quel sort allais-je subir ?

Je jetai un coup d'œil vers la fenêtre. Jamais je ne pourrais briser ces barreaux !

Je me levai et secouai la poignée de porte. Fermée. J'étais bel et bien pris au piège.

Soudain, des pas résonnèrent à l'extérieur et la clé joua dans la serrure. Ils arrivaient !

J'allai me réfugier dans un angle. La porte s'ouvrit lentement. Laura entra, suivie des deux adolescents. Elle balaya la pièce du regard et me repéra dans mon coin.

– Matt ? demanda-t-elle.

– Qu'allez-vous me faire ? demandai-je d'une voix tremblante.

Laura avança vers moi.

– Laissez-moi tranquille ! hurlai-je.

– Ça, c'est impossible, répondit le garçon avec le bandana sur la tête.

Ils firent un pas dans ma direction. Ils avaient le visage fermé et les traits tendus. Ils serraient les poings. Le plus costaud des deux claqua violemment la porte derrière lui.

– Non ! m'écriai-je. Ne me faites pas de mal !

21

Ils s'avancèrent encore. Paniqué, je regardai autour de moi, cherchant désespérément un moyen de fuir. Impossible ! Ils bloquaient la sortie. J'étais perdu. Je me recroquevillai dans un coin, tremblant comme un animal traqué.

– Calme-toi Matt, dit soudain Laura d'une voix apaisante. Nous ne te voulons aucun mal. Nous sommes là pour t'aider.

Les brutes firent de nouveau un pas vers moi et je ne pus réprimer un frisson nerveux.

– N'aie pas peur, reprit Laura. Nous voulons simplement te parler.

Elle s'accroupit devant moi et présenta ses mains ouvertes, pour m'assurer de ses bonnes intentions. Je levai les yeux vers les adolescents. Ils restaient en retrait, sur leurs gardes, surveillant le moindre de mes gestes.

– Que m'arrive-t-il ? demandai-je. Pourquoi suis-je ici ?

Laura s'éclaircit la gorge et annonça :

– Tu es prisonnier d'une distorsion du réel. Comme si je savais ce que ça voulait dire !

– C'est donc ça, raillai-je. Je me doutais bien qu'il y avait un problème.

– Arrête ta comédie ! aboya le plus costaud. On ne plaisante pas !

Laura l'apaisa d'un geste :

– Laisse, Christopher, je m'en occupe…

Elle plongea son regard dans le mien et me demanda doucement :

– Tu sais ce qu'est une distorsion du réel, Matt ?

– Non, répondis-je. Mais je sens que je ne vais pas aimer ça.

– Quand tu t'es endormi dans la chambre d'amis, tu es tombé dans une faille de réalité, expliqua-t-elle.

Je ne comprenais pas un traître mot de ce qu'elle racontait.

– Une faille de réalité… dans la chambre d'amis ?

Elle acquiesça d'un signe de tête :

– C'est ça… Tu t'endors dans une réalité et tu te réveilles dans une autre. Non seulement tu es prisonnier de cette faille, mais tu modifies ce qui est autour de toi.

– Alors faites en sorte que ça s'arrête ! suppliai-je.

– Je vais t'arrêter, moi ! menaça un des garçons.

– Remy, je t'en prie ! intervint Laura.

– Qui êtes-vous ? demandai-je. Que faites-vous ici ?

– Tu es en infraction, Matt. À chacune de tes transformations, tu enfreins les lois du réel, tu comprends ?

– Je ne le fais pas exprès ! protestai-je vivement. Je ne les connaissais pas, ces lois du réel ! Je suis innocent !

Laura s'efforça de me calmer.

– Je sais que tu ne le fais pas exprès, dit-elle. Mais c'est ainsi. En changeant d'aspect, tu interviens dans la réalité d'autres gens. Si tu continues, tu vas plonger le monde entier dans la confusion la plus totale.

– Vous ne comprenez pas ! Je n'ai aucune envie que ça continue ! Je ferais n'importe quoi pour que ça s'arrête ! Je veux redevenir normal !

– Ne t'inquiète pas pour ça, grommela Christopher. Ça va s'arrêter…

– Nous faisons partie de la police du réel, m'apprit Laura. Nous avons pour mission de surveiller la réalité. Nous avons eu beaucoup de mal à suivre ta trace, Matt. Tu changes d'aspect en permanence.

– Pourquoi me poursuiviez-vous ?

– Nous devions te capturer, Matt. Tu ne pouvais pas continuer indéfiniment…

Je m'efforçai de comprendre la situation :

– C'est à cause de la chambre d'amis, n'est-ce pas ? Tout arrive parce que je dors dans la chambre d'amis ?

– Eh bien…

– Je n'y dormirai plus jamais, c'est promis ! Même si je ne retrouve pas mon ancienne apparence. Après tout, ce corps n'est pas si mal.

Laura secoua la tête.

– Il est trop tard. Tu es pris dans la faille. Peu importe que tu dormes ou non dans la chambre d'amis. Dès que tu t'endors, tu modifies la réalité.

– Ça veut dire que je n'ai plus le droit de dormir ?

– Ce n'est pas tout à fait ça…

Laura jeta un coup d'œil nerveux à ses deux compères et me contempla en silence pendant un long moment.

– Je suis désolée, Matt. Tu semblais être un gentil garçon, finit-elle par dire.

Un frisson d'angoisse me traversa comme une décharge électrique.

– Que… que veux-tu dire ?

Laura tapota doucement mon épaule :

– Nous n'avons pas le choix, Matt. Nous devons t'endormir… définitivement.

22

Je la regardais, pétrifié d'horreur.

– Vous… vous ne pouvez pas faire ça ! bégayai-je. Vous n'avez pas le droit !

– Oh si ! répliqua Christopher, les poings sur les hanches.

– Et c'est ce que nous allons faire, ajouta Remy.

– Noon ! m'écriai-je en m'élançant d'un bond vers la sortie.

Hélas, je n'avais aucune chance de leur échapper. Ils me saisirent au passage et m'immobilisèrent.

– Tu n'iras nulle part ! grogna Remy.

– Lâchez-moi !

J'eus beau me débattre, toute résistance était inutile. Je n'étais plus un monstre menaçant. Les deux adolescents me soulevèrent sans peine et mes jambes patinèrent dans le vide. Que faire contre de telles brutes ? J'étais si faible que même Laura aurait pu me maîtriser toute seule.

Remy et Christopher me jetèrent sans ménagement au fond de la pièce.

– Nous allons revenir, me renseigna Laura. Ne t'inquiète pas, ça ne sera pas douloureux.

Ils quittèrent la pièce et la clé joua dans la serrure. J'étais de nouveau enfermé.

Je jetai un regard désespéré autour de moi, cherchant un moyen de fuir. Cette pièce était totalement vide, sans même une chaise : juste quatre murs de pierre, une lourde porte et une petite fenêtre munie de barreaux.

J'ouvris la fenêtre et secouai les barres d'acier. Rien à faire, elles étaient solidement scellées dans du ciment.

J'étais prisonnier de la police du réel.

Je pressai mon oreille contre la porte. Laura, Remy et Christopher discutaient dans l'autre pièce :

– Il doit absolument boire la potion, dit Christopher. Et il faut qu'il vide le verre entièrement, sinon il pourrait se réveiller.

– Qu'est-ce qu'on fera s'il recrache ou s'il refuse d'avaler ? s'inquiéta Laura.

– Il avalera, fais-moi confiance, affirma Remy.

Je refusai d'en entendre davantage. Ils voulaient que je prenne un somnifère… pour m'endormir à tout jamais !

J'arpentais nerveusement la pièce. J'avais connu de nombreux problèmes ces derniers jours. Je n'avais guère apprécié ma rencontre avec un lion, et se réveiller en monstre n'était pas non plus très plaisant. Mais à présent je courais un réel danger ! Je devais absolument trouver un moyen de m'en sortir.

La solution jaillit soudain dans mon esprit comme une évidence. Bien sûr ! Chaque fois que je m'endormais, je me réveillais dans un univers différent. Certes, la situation empirait à chaque fois. Mais là, ma vie était enjeu.

« Si je m'endors, je me retrouverai peut-être dans un autre corps. Je pourrai peut-être m'enfuir… »

Je tournai de nouveau en rond dans la pièce. J'étais tellement nerveux qu'il était impossible de songer au sommeil. Je devais essayer pourtant, c'était mon seul espoir de salut.

Je m'allongeai à même le sol glacé. Pas de lit, pas de couvertures… et le soleil pénétrait à flots par la fenêtre. Les conditions n'étaient pas idéales pour faire un somme.

« Allons, Matt, tentai-je de me convaincre. Tu dois y arriver. »

Ma mère dit toujours que j'ai le sommeil lourd et que je peux m'endormir n'importe où. C'était le moment de le vérifier.

Maman. Elle me manquait terriblement. J'avais l'impression de l'avoir quittée depuis des années. « Si seulement je pouvais trouver un moyen de la rejoindre », me dis-je en fermant les yeux.

Quand j'étais petit, maman me chantait des berceuses pour m'endormir. Je les chantonnai doucement et, sans même m'en rendre compte, sombrai dans le sommeil.

23

J'ouvris les yeux. Où étais-je ?

Je regardai un plafond écaillé... des murs de pierre... une porte... une fenêtre avec des barreaux.

Oh non ! Je me trouvais encore dans la cellule, enfermé dans cette ferme au fond des bois.

Mon plan n'avait pas fonctionné. J'étais toujours prisonnier.

Que faire à présent ? C'était mon unique chance de fuir. Maintenant je n'avais plus d'échappatoire. J'étais perdu, condamné.

Des bruits me parvenaient de l'autre pièce. Laura et ses amis devaient préparer le somnifère. Ils comptaient m'endormir définitivement. Jamais plus je ne reverrais ma mère, Pam et Greg.

Pourquoi cela m'arrivait-il à moi ? Je n'avais rien fait de mal. J'avais provoqué tout au plus quelques troubles, mais c'était involontaire.

Une telle injustice me mit hors de moi et je poussai un hurlement de dépit.

– Iiiiiiiiiik !

Quel son étrange ! Je hurlai de nouveau, plus fort cette fois. Là encore, je n'entendis qu'un couinement ridicule. J'avais pourtant conscience de crier, mais ma voix n'avait plus rien d'humain.

Je me regardai alors pour la première fois depuis mon réveil. Frustré de m'être retrouvé prisonnier au même endroit, je n'avais pas pensé un seul instant que j'avais pu me transformer. Et c'était le cas ! J'étais minuscule : à peine haut d'une trentaine de centimètres. J'avais de petites pattes, une fourrure grise… et une longue queue touffue.

J'étais devenu un écureuil !

Je portai aussitôt mon attention sur la fenêtre ouverte. Je pouvais à présent me faufiler sans problème entre les barreaux de ma geôle.

J'escaladai le mur et me glissai prestement au-dehors. Oui ! J'étais libre ! De joie, j'exécutai un saut périlleux… et détalai dans le sous-bois.

Je retrouvai rapidement le sentier où Laura m'avait entraîné. Et, de là, je gagnai les abords de la ville. Je traversai des quartiers inconnus, porté par mes petites pattes. Les distances me semblaient incroyablement longues.

Les rues étaient calmes. Qui aurait pu croire que la veille un monstre préhistorique avait semé la terreur en ville ?

Cette réalité avait cédé la place à une autre. Le monstre redoutable s'était transformé en un inoffensif écureuil. Mais je préférais être un écureuil libre et éveillé qu'un garçon endormi à tout jamais. Je levai le museau et humai l'air. Mon odorat était incroyablement fin. J'avais l'impression de pouvoir repérer l'odeur de ma maison.

Dans ma hâte pour rentrer chez moi, je fonçai sans réfléchir à travers une avenue.

À cet instant, une voiture déboula à vive allure. De gigantesques roues noires fonçaient sur moi. Je restai pétrifié d'horreur à la vue de ce monstre d'acier et fermai les yeux.

Je n'avais plus le temps de fuir. Allais-je finir écrasé sur la chaussée ?

24

Le conducteur m'aperçut au dernier moment. Il écrasa la pédale de freins. Les pneus crissèrent dans un bruit assourdissant… puis ce fut le silence.

Lorsque j'ouvris les yeux, la voiture était arrêtée à quelques centimètres de moi. Je déguerpis aussitôt sans demander mon reste.

Ma fuite éperdue m'entraîna bientôt dans un quartier résidentiel. Je pensais pouvoir souffler un peu lorsque, au détour d'une rue, un molosse me prit en chasse. Je trouvai rapidement refuge au sommet d'un arbre. En contrebas, le monstre grattait frénétiquement le tronc de ses pattes griffues et aboyait comme un fou. J'étais sauf et hors d'atteinte. Mais combien de temps allais-je attendre avant qu'il se lasse ? Heureusement, son maître l'appela quelques minutes plus tard et le chien repartit en trottinant. Je repris mon périple. Tout m'apparaissait démesuré. Le moindre piéton était un géant, menaçant de m'écraser sous son talon. Je dus éviter encore des voitures, des vélos. Des chiens et des chats me poursuivirent. Un gamin me jeta même des pierres.

Finalement, harassé de fatigue, je regagnai mon quartier et retrouvai ma maison. Elle n'avait rien d'extraordinaire. C'était un petit pavillon blanc dont la peinture s'écaillait sur la façade. Mais à cet instant, il m'apparut comme un véritable palais. J'avais un nouveau plan en tête, un stratagème qui, je l'espérais, mettrait un terme définitif à toute cette folie.

Mes problèmes avaient commencé le jour maudit où j'avais décidé d'émigrer dans la chambre d'amis. Laura m'avait confirmé qu'il y avait une faille de réalité dans cette pièce. Je n'avais jamais eu l'occasion de retrouver mon ancienne chambre. À chaque fois, les circonstances m'en avaient empêché : soit quelqu'un s'y trouvait déjà, soit on l'avait transformée en atelier ou en dortoir.

Je décidai d'y passer une nuit. Peut-être qu'ainsi ma vie redeviendrait normale. Cela pouvait paraître stupide ou un peu simple comme solution, mais je n'avais pas de meilleur plan.

Sans plus hésiter une seconde, je me glissai dans le jardin et escaladai la gouttière jusqu'à l'étage. Je risquai un coup d'œil par la fenêtre de mon ancienne chambre.

Rien n'avait changé ! Je retrouvai mon petit lit et l'incroyable bric-à-brac sur mes étagères. Rassemblant toutes mes forces d'écureuil, je tentai d'ouvrir la fenêtre… en vain. Je redescendis et vérifiai les autres ouvertures de la maison : tout était fermé. Je devais pourtant trouver un moyen d'entrer. Peut-être pourrai-je me faufiler discrètement dès que quelqu'un ouvrirait la porte ? Mais y avait-il seulement quelqu'un ?

Je me pressai contre la vitre du salon. Oui ! Maman ! Et Pam ! Et Greg ! Ils étaient là tous les trois !

Je bondis sur place avec de petits cris joyeux. C'est alors que Biggie pénétra dans la pièce. Je l'avais oublié, celui-là. Et je n'étais pas réellement enchanté de le voir, car il adore pourchasser les écureuils. Biggie se mit à japper furieusement dès qu'il m'aperçut. Pam tourna la tête dans ma direction et me désigna, un large sourire aux lèvres.

« Oui, Pam, me dis-je. Viens ! Ouvre-moi, s'il te plaît ! »

Elle souleva doucement la fenêtre à guillotine.

– Viens, petit, dit-elle d'une voix douce. Oh ! Il est si mignon !

J'hésitais à entrer. Biggie aboyait et trépignait de rage aux pieds de ma sœur.

– Greg, enferme-le au garage ! ordonna-t-elle. Il effraie l'écureuil.

Excellente initiative ! Si Pam avait pu se montrer aussi prévenante avec moi quand j'avais forme humaine…

Greg entraîna Biggie hors du salon.

– Viens, petit écureuil, reprit Pam. Il n'y a plus aucun danger.

Je sautai d'un bond à l'intérieur de la maison.

– Regardez ! s'exclama Pam. Il est entré tout seul ! On dirait qu'il est apprivoisé !

– Je n'en veux pas chez moi ! protesta ma mère. Ces bestioles transportent la rage.

Je ne relevai pas cette insulte et me concentrai sur l'escalier donnant à l'étage. Si seulement je pouvais gagner ma chambre et m'assoupir, ne serait-ce qu'une minute !

– Attention, il s'enfuit ! s'alarma Greg qui revenait dans le salon. Attrape-le !

Pam bondit, mais je l'esquivai sans peine.

– Si cet animal se perd dans la maison, Pamela, tu auras de gros ennuis ! prévint ma mère.

– Je vais l'avoir, promit-elle.

« Rien n'est moins sûr », me dis-je en filant vers les marches.

Pam s'interposa et je fonçai en direction de la cuisine. Elle me suivit aussitôt et referma la porte. J'étais piégé !

– Petit, petit…

Je cherchais une cachette. Pam avançait lentement dans ma direction. Elle ne voulait pas m'effrayer. Je me faufilai prestement sous la table. Ma sœur plongea à ma suite. Manqué… mais, comme je détalai en direction de l'évier, elle réussit à me coincer dans un angle et m'empoigna. Je n'aurais jamais cru que ma sœur possédait de si bons réflexes. Elle m'immobilisa en me maintenant par les pattes arrière.

– Je l'ai ! s'écria-t-elle.

Greg ouvrit la porte de la cuisine, maman sur ses talons.

– Mets-le dehors, vite ! ordonna-t-elle.

– Oh, maman, s'il te plaît, je peux le garder ? supplia Pam. Il est si mignon !

Je n'avais aucune envie de devenir l'animal domestique de ma sœur. Mais c'était peut-être ma seule chance de regagner ma chambre.

– C'est hors de question ! coupa maman. Relâche-le dans le jardin.

Pam eut une moue boudeuse et baissa la tête.

– Bon… d'accord, dit-elle tristement.

Elle m'emporta dans le hall d'entrée.

– Maman est sévère, dit-elle à mon intention, assez fort pour que tout le monde l'entende. Je voulais juste te garder un peu.

Elle ouvrit la porte.

– Adieu, petit écureuil !

Pam claqua le battant… et me dissimula sous son pull. Elle monta alors vivement à l'étage.

– Sois sans crainte, petit écureuil, murmura-t-elle en entrant dans sa chambre.

Elle s'agenouilla devant son armoire et en sortit quelque chose : la vieille cage de son hamster !

Pam l'ouvrit et me glissa à l'intérieur.

– Non ! protestai-je d'un couinement suraigu. Rien à faire… Elle referma la porte et mit le loquet. J'étais de nouveau prisonnier !

25

« Qu'est-ce que je peux faire ? songeais-je, désespéré. Je suis enfermé dans cette cage. Comment vais-je regagner ma chambre ? »

Un autre sujet d'inquiétude me préoccupait. « Si je m'endors dans cette petite cage, que se passera-t-il si je me réveille en humain ? »

Le visage démesuré de ma sœur apparut alors à quelques centimètres de moi.

– Tu as faim, petit bonhomme ? Je vais te chercher quelque chose à manger.

Elle quitta la pièce. Je me mis à arpenter nerveusement la cage tout en réfléchissant à un moyen de m'échapper.

– Voilà, petit bonhomme ! chantonna Pam.

Elle était revenue avec une poignée de mes céréales favorites. Elle ouvrit la porte et les jeta à l'intérieur.

– Miam, miam, fit-elle avec un sourire niais.

Incroyable, ma sœur devenait gâteuse… Je croquai une céréale, le ventre creusé par les émotions. Mais j'aurais certainement mieux apprécié ce repas si Pam ne m'avait pas couvé des yeux tout du long. La sonnerie du téléphone retentit au rez-de-chaussée. Dans l'instant qui suivit, Greg hurla :

– Pam, c'est pour toi !

– J'arrive ! s'écria-t-elle en se précipitant sur le palier. Je continuai de grignoter les céréales tout en ressassant de sombres pensées. Je réalisai que Pam n'avait pas rabattu le loquet de la cage après m'avoir donné à manger. Je poussai un couinement de joie. Quel bonheur d'avoir une sœur sans cervelle ! Je m'enfuis sans plus attendre.

Sur le seuil, je risquai un coup d'œil dans le couloir. Personne, la voie était libre. J'allais enfin pouvoir regagner ma chambre. Je trottinai aussitôt dans cette direction et me retrouvai… devant la porte fermée. Des bruits de pas résonnèrent en bas. Pam n'allait pas tarder à revenir. Je devais m'éclipser avant qu'elle me remette en cage… ou, pis, que ma mère me découvre et me chasse à coups de balai.

Je descendis vivement les marches et me glissai dans le séjour en rasant les murs. La fenêtre donnant sur le jardin était encore ouverte. J'allai pouvoir sortir sans difficulté.

Je me faufilai derrière le canapé, passai sous une chaise et me précipitai dehors. Aussitôt j'allai me réfugier au sommet d'un arbre.

Mon plan n'avait pas fonctionné. Je n'avais pas pu regagner ma chambre. Il ne me restait plus qu'une seule chance : m'endormir en espérant me réveiller en humain. Je pourrais alors tenter de pénétrer dans ma chambre.

Mais le temps m'était compté. La police du réel était toujours à mes trousses. Ils allaient sans doute finir par me retrouver, et, s'ils m'attrapaient, j'étais perdu…

26

CRAAC !

J'atterris lourdement sur le sol. Ouf ! J'avais connu des réveils plus paisibles. Je mis un instant avant de reprendre mes esprits. Qui étais-je cette fois ?

Je regardai mes bras. Je failli crier de joie ! J'étais redevenu un garçon. Je devais avoir une douzaine d'années, mais je n'étais pas moi-même pour autant. J'étais obèse, une vraie boule de graisse. Pas étonnant que la branche ait cédé sous mon poids.

Mais cela n'avait pas d'importance. J'étais humain et capable de m'exprimer. Mon plan allait peut-être enfin aboutir. J'avançai vers la porte d'un pas décidé et actionnai la poignée. Fermé… Je frappai.

À cet instant, une légère angoisse me saisit. Qui allait m'ouvrir ? Pourvu que ma maison ne soit pas occupée par une autre famille. La porte s'ouvrit.

– Maman ! m'écriai-je, enthousiaste. Maman, c'est moi, Matt !

Ma mère eut un mouvement de recul.

– Qui es-tu ? demanda-t-elle.

– C'est moi, Matt ! Ton fils !

Elle fronça les sourcils.

– Matt ? Je ne connais personne de ce nom !

– Mais si, bien sûr, souviens-toi !

Pam et Greg apparurent alors derrière ma mère.

– Qui est-ce, Maman ? demanda Pam.

– Pam ! Greg ! m'écriai-je. C'est moi, Matt ! Je suis de retour !

– Tu le connais ? demanda Greg à ma sœur.

– Jamais vu, répondit-elle.

« Oh non ! me lamentai-je. Pas si près du but ! Ce n'est pas possible ! »

– Je dois dormir dans mon ancienne chambre, suppliai-je. S'il te plaît, Maman ! Laisse-moi entrer ! C'est une question de vie ou de mort !

– Je ne te connais pas, répondit ma mère. Tu as dû te tromper d'adresse.

– Ce gamin est fou, intervint Greg.

– Maman ! Attends !

Mais ma mère referma brutalement la porte. Je restai un instant hébété sur le seuil de ma maison avant de me résigner à partir.

Que pouvais-je faire à présent ? Je quittai le jardin et descendis lentement la rue, ne sachant où aller. Soudain, je m'arrêtai. Trois silhouettes bien connues avançaient dans ma direction. Mon sang ne fit qu'un tour lorsque je les reconnus.

Laura, Remy et Christopher ! La police du réel avait retrouvé ma trace !

27

– Le voilà ! s'écria Laura. Attrapons-le !

La police du réel s'élança à toute allure. Je pris aussitôt la fuite, mais ce n'était pas facile de courir dans ce corps grassouillet.

Pourquoi avait-il fallu que je sois obèse ? Seulement, je disposais au moins d'un avantage sur mes poursuivants : je connaissais le quartier comme ma poche, et pas eux.

Je me précipitai dans le jardin du voisin et contournai sa maison. Je jetai un rapide coup d'œil pardessus mon épaule : ils gagnaient du terrain.

Je me faufilai par un trou dans la haie et me retrouvai dans mon jardin. J'allai me dissimuler derrière le taillis bordant le garage. Je m'accroupis, retenant mon souffle. Quelques secondes plus tard, des bruits de pas résonnèrent non loin de ma cachette.

– Où est-il passé ? demanda Laura.

– Il a dû couper par là, suggéra Christopher. Allons voir !

Ils repartirent en courant. Je poussai un profond soupir. Il s'en était fallu de peu. J'étais sauvé, mais pour combien de temps ?

Je devais absolument regagner ma chambre. C'était mon unique espoir de salut. Seulement, ma mère ne me laisserait jamais entrer, puisque ma famille me prenait pour un fou.

Je n'avais plus qu'une solution : entrer par effraction. Et, pour cela, je devais attendre la nuit, attendre que tout le monde dorme. Ensuite je chercherais une fenêtre ouverte. Au besoin, je briserais une vitre. Il me fallait donc rester caché derrière ce taillis. Je m'allongeai à même le sol et luttai pour ne pas m'endormir. Si je le faisais, sous quelle apparence me réveillerais-je ?

Les heures s'égrenèrent avec une lenteur exaspérante. La nuit vint, enfin. Les rues se vidèrent et un silence paisible s'empara du quartier.

Je m'extirpai de ma cachette et massai mes membres engourdis par cette longue immobilité.

Je regardai la maison. Pam et Greg étaient déjà couchés, seule la lumière de la chambre de ma mère brillait encore. J'attendis qu'elle éteigne et laissai passer une nouvelle demi-heure pour m'assurer qu'elle était bien endormie.

J'avançai alors à pas feutrés vers la façade, tressaillant au moindre bruit. Je vérifiai les issues du rez-de-chaussée. Comme toujours, ma mère les avait soigneusement fermées.

Il ne me restait plus qu'à me hisser jusqu'à l'étage et trouver un moyen de pénétrer dans ma chambre. L'arbre qui poussait dans notre jardin étendait ses branches jusqu'à la façade. Je devais y grimper et, de là, agripper la gouttière. Il faudrait ensuite atteindre le rebord de la fenêtre… et trouver un moyen de l'ouvrir.

Plus j'y réfléchissais, plus ce plan me semblait stupide et dangereux. Mais ce n'était pas le moment de douter : il fallait agir. La police du réel n'avait pas reparu de la journée, mais il n'y avait nul doute qu'ils me traquaient encore dans le quartier.

Je me hissai sur la pointe des pieds et cherchai à atteindre une branche basse. Je dus sauter. Mes doigts glissèrent sur l'écorce. Impossible de maintenir la prise.

Pourquoi avait-il fallu que je me réveille dans ce corps grassouillet ? Je pouvais à peine me soulever du sol. Si ce plan ne marchait pas, j'étais définitivement perdu.

Je rassemblai toutes mes forces et me concentrai. Reculant de deux pas, je m'élançai. Oui ! cette fois, je la tenais !

Je restai quelques secondes à gigoter dans le vide avant d'enrouler mes jambes autour du tronc.

Grognant sous l'effort, je montai péniblement sur la branche. Je demeurai assis un instant pour reprendre mon souffle. Le plus dur était fait.

J'escaladai l'arbre sans problème et arrivai rapidement à hauteur de ma fenêtre. Je me dressai pour prendre appui sur la branche supérieure. Je saisis la gouttière d'une main et tendis la jambe, cherchant à atteindre le parapet. Manqué…

J'étais en équilibre instable au-dessus du vide. Je jetai un coup d'œil en contrebas et mon cœur s'emballa d'un coup.

Je devais absolument atteindre la fenêtre, sinon c'était la chute assurée. Je tendis au maximum ma jambe, mon pied tâtonnant au hasard.

CRAC !

Quoi ? Que se passait-il ?

CRAC !

La gouttière ! Elle lâchait !

28

CRAC !

Je chutai de dix centimètres. La gouttière était sur le point de céder.

Avec l'énergie du désespoir, je balançai ma jambe le plus loin possible et posai un pied sur le parapet… puis l'autre.

J'avais réussi !

Je me plaquai contre la fenêtre et restai immobile pendant un instant. J'attendis que ma respiration retrouve un rythme régulier. Malgré la fraîcheur de la nuit, de grosses gouttes de sueur coulaient sur mon front. Je les essuyai d'un revers de manche. Je scrutai l'intérieur de la pièce. Elle était plongée dans l'obscurité. Quelqu'un y dormait-il ? Impossible de le savoir.

La fenêtre à guillotine était fermée. « Pourvu que ça marche ! Pourvu que le loquet ne soit pas mis. » Si je ne pouvais pas entrer, je resterais bloqué sur le rebord. Je n'avais aucun moyen de redescendre…

à moins de me laisser tomber. Et la chute ne pouvait être que fatale.

Je glissai mes doigts sous la fenêtre et tirai. Cette fois, la chance était avec moi ! Elle n'était pas verrouillée !

J'enjambai le montant et retombai lourdement dans ma chambre. Je m'immobilisai aussitôt, sur mes gardes. M'avait-on entendu ?

Non... Pas un bruit. Tout était tranquille. La maison était endormie.

Peu à peu je m'habituai à la pénombre et distinguai les contours de mon lit. Il était vide !

Je dus me retenir pour ne pas danser de joie. Mieux valait reporter les réjouissances à demain... Je n'étais pas certain que mon plan serait efficace.

Je me déshabillai et me glissai sous les draps avec un soupir satisfait. C'était bon de se retrouver chez moi, dans mon lit, ma famille dormant dans les chambres voisines.

Tout était presque normal. À cette différence, je n'étais toujours pas redevenu moi-même.

Ma famille ne m'avait pas reconnu. Si elle me surprenait maintenant, elle me prendrait pour un voleur ou un fou.

Je chassai ces peurs de mon esprit. Je ne voulais plus penser qu'au lendemain.

« Que se passera-t-il ? Qui serai-je en me réveillant ? Serai-je à nouveau moi-même ou devrai-je fuir encore Laura et ses brutes ? »

C'est sur ces questions que le sommeil m'envahit.

29

Je sentis une douce chaleur sur ma joue et cela m'éveilla. C'était le soleil. J'ouvris un œil. Où étais-je cette fois ?

Je regardai autour de moi : des étagères débordant de livres et de maquettes. J'étais dans ma chambre !

Mon cœur se mit à battre à tout rompre. Avais-je réussi ?

Je m'élançai hors du lit et fonçai à la salle de bains. Un garçon blond... de douze ans... Oui ! J'étais de retour !

J'étais redevenu moi-même !

– Ouaouh !

À cet instant, Biggie ouvrit la porte d'un coup de museau. Il montra les crocs en m'apercevant et aboya furieusement.

– Biggie ! m'exclamai-je en me penchant pour le caresser.

Sa mâchoire claqua à quelques centimètres de mes doigts.

Ah ! La brave bête !

– Matt ! hurla ma mère depuis la cuisine. Arrête d'ennuyer Biggie !

C'était bien elle. Je reconnaissais sa voix.

– Je ne l'ennuie pas ! criai-je.

Il fallait toujours qu'elle me gronde pour un rien. Mais qu'importe, j'étais si heureux ! Je m'habillai à la hâte et descendis la rejoindre.

Maman était attablée avec Pam et Greg, comme tous les matins.

– Le naze entre dans la cuisine pour se restaurer, commenta Greg dans son magnétophone. Attendons de voir ce qu'il va ingurgiter...

– Greg ! hurlai-je en l'enlaçant joyeusement.

– Hé ! Lâche-moi ! protesta-t-il.

– Et Pam !

J'embrassai ma sœur avec chaleur.

– Qu'est-ce qui se passe, tête de piaf ? Oh... je sais. Tu as été enlevé par les martiens et tu as eu droit à un lavage de cerveau, se moqua-t-elle.

J'ignorai ses sarcasmes et courut dans les bras de maman.

– Bonjour, mon grand, dit-elle, un peu surprise par mon excès d'affection.

Elle se leva et mit son bol dans l'évier.

– Prends tes céréales, Matt, je suis déjà en retard.

Je m'installai à table avec un sourire réjoui. Je retrouvais mes habitudes. Apparemment, personne ne s'était aperçu de mon absence.

Plus jamais je n'irais dormir dans cette abominable chambre d'amis ! J'en faisais le serment. Désormais, je resterais sur mon territoire, même s'il était minuscule.

Paf !

Je venais de recevoir un coup sur le crâne. Je me tournai vivement... Greg, hilare, tenait un journal à la main. Il approcha le magnétophone de sa bouche :

– Qu'arrive-t-il si l'on frappe un naze sur la tête ? demanda-t-il.

– Il pleurniche, très certainement, commenta Pam.

Je haussai les épaules et continuai à prendre mon petit déjeuner.

– Vous n'arriverez pas à m'énerver, dis-je. Aujourd'hui, je suis d'excellente humeur.

Ils échangèrent un regard perplexe et Pam haussa les épaules.

– On nous a changé notre naze favori, annonça Greg.

– Oui, on nous l'a changé, approuva Pam.

Je passai une journée fantastique au collège. C'était bon de retrouver ses amis. Et le travail était beaucoup plus simple qu'au lycée.

En gym, nous disputâmes une partie de football et je marquai un but. J'étais heureux. Tout me réjouissait... jusqu'à ce que je me rende à mon dernier cours. Mon cœur s'arrêta de battre un instant, quand j'aperçus une fille qui me devançait dans le hall. Une fille de mon âge... avec d'épais cheveux blonds rassemblés en queue de cheval.

Oh non ! Pas elle ! Pas Laura !

La police du réel me cherchait-elle encore ? J'avais pourtant tout arrangé. Ma vie était redevenue normale ! Sentant que je l'observais, la fille se retourna… et je poussai un profond soupir.

Ce n'était pas Laura. C'était juste une fille qui lui ressemblait. « Calme-toi, Matt, me dis-je. Tout est fini. Le cauchemar est vraiment terminé. »

La fille s'éloigna et je me rendis en classe. Je regardai quand même autour de moi dans les couloirs. Non, aucun signe de Laura, Remy ou Christopher…

Je regagnai ma maison en sifflotant gaiement. Mes devoirs de classe allaient me paraître une partie de plaisir.

– Salut, Matt, lança ma mère dès mon entrée.

– Maman ? demandai-je, surpris de la voir à cette heure. Que fais-tu ici ?

– J'ai pris un après-midi de congé, répondit-elle avec un large sourire. J'avais quelques petites choses à ranger dans la maison.

– Ah bon…

Je me dirigeai comme à mon habitude vers le salon pour regarder la télé. Maman entra à ma suite :

– Matt, tu n'es pas curieux de savoir ce que j'ai fait ? Je regardai autour de moi. Tout semblait normal.

– Je ne vois pas, avouai-je.

Elle me sourit de nouveau, un peu excitée.

– Tu n'as tout de même pas oublié ! C'est ton anniversaire demain !

Si… Ça m'était totalement sorti de l'esprit. Mais quand on traverse des univers parallèles et qu'on lutte pour survivre, on ne pense plus à ces choses.

– Je t'ai préparé une surprise, dit-elle. Viens, je vais te montrer.

Je la suivis à l'étage. Son excitation commençait à déteindre sur moi. Qu'avait-elle bien pu me préparer ?

D'ordinaire, maman ne fait rien d'important pour nos anniversaires. Il fallait que ça soit une surprise de taille pour qu'elle ménage un tel suspense. Elle s'arrêta devant ma chambre.

– Regarde…

Je jetai un coup d'œil à l'intérieur. Ma chambre était remplie de cartons. D'énormes cartons !

Wouah !

– Tous ces cadeaux sont pour moi ? demandai-je. Maman eut un petit rire amusé.

– Ces cartons, des cadeaux ? Non, pas du tout.

Je me disais bien ! C'était trop beau pour être vrai. Ma mère redevint sérieuse.

– Matt, j'ai beaucoup réfléchi à ce que tu m'as dit l'autre jour. Tu avais raison. Ta chambre est trop petite pour toi maintenant. Je l'ai donc transformée en débarras.

– Tu… tu as fait quoi ?

– Viens voir…

Elle se dirigea vers la chambre d'amis et ouvrit la porte.

Oh non ! Tout, mais pas ça !

– Joyeux anniversaire, Matt ! lança-t-elle fièrement.

Bienvenue dans ta nouvelle chambre.

Je restai sans voix sur le seuil de la pièce. Mon lit, mes posters, mes livres et mes maquettes. Tout avait émigré dans la chambre d'amis.

Je devins livide et me mis à trembler.

– Que se passe-t-il, Matt ? demanda ma mère. C'était bien ce que tu voulais, non ?

Je poussai un hurlement désespéré.

FIN

EXTRAIT

Et pour avoir encore la

Chair de poule®

lis

ces quelques pages de

Des appels monstrueux

EXTRAIT

Nous étions dans la nuit de lundi à mardi. Le moment de ma vengeance était enfin arrivé.

Rappelez-vous, j'étais dans la salle où Sandra et Mlle Richards travaillaient. J'étais en train de taper ma petite annonce au bas de la première page du journal.

À l'affût du moindre bruit, je me dépêchais, car elles risquaient de revenir d'un instant à l'autre.

Jamais je ne m'étais senti dans un tel état d'énervement, et pourtant je ne cessais de sourire.

« David, tout le monde te prend pour un minable, mais, en réalité, tu es un génie, me complimentais-je. Il n'y a que toi pour inventer une aussi belle et méchante blague. »

Tout en guettant la porte, je finis de taper mon message et le relus : « Appel à tous les monstres. Si vous êtes vraiment un horrible monstre, contactez Sandra au 00-55-56-70, après minuit. » Ah ! j'aurais pu danser de joie ! Mais je ne voulais pas faire de bruit.

EXTRAIT

Il était temps de m'éclipser. Je me levai et me dirigeai vers la fenêtre. Soudain, j'entendis Sandra tousser. Elle venait d'entrer dans la pièce. J'étais coincé.

« Si près du but ! pensai-je. C'est vraiment trop bête ! » Il n'y avait que cinq pas jusqu'à la fenêtre. Cinq pas et j'étais sauvé !

Je fermai les yeux et, résigné, m'attendis au pire.

Mais personne ne vint. La voix de Mlle Richards retentit dans le hall.

– Sandra, peux-tu venir une minute ?

Je rouvris les yeux et vis Sandra sortir de la pièce. Elle ne m'avait pas remarqué.

Soulagé, je sautai au-dehors et détalai sans demander mon reste. Je ne pris même pas le temps de refermer la fenêtre.

C'était la troisième fois en quatre jours que je revenais chez moi au pas de course. Mais cette fois c'était différent. Je ne rentrais pas en vaincu. Non, je courais la tête haute, comme un champion !

Je me glissai furtivement dans l'entrée. Mes parents étaient toujours devant la télévision.

Je m'arrêtai un instant devant la porte du salon pour reprendre mon souffle et permettre aux battements de mon cœur se calmer.

J'étais si heureux que j'aurais voulu me précipiter dans la pièce pour raconter mon exploit à mes parents. Mais, bien évidemment, il n'en était pas question.

EXTRAIT

Je regagnai donc ma chambre le plus discrètement possible.

J'avais envie de parler à quelqu'un, de partager mon secret. Mais avec qui ? Qui pouvais-je appeler ?

Soudain, je pensai à Iris.

Oui, Iris. Elle apprécierait sûrement, et elle, au moins, me comprendrait.

En proie à une grande agitation, je saisis mon téléphone. Je mis un peu de temps à me souvenir de son nom de famille. Je ne l'avais entendu qu'une fois. Chandler ? Candle ? Candler. Oui, c'est ça. Iris Candler. Après avoir regardé dans l'annuaire, je laissai le téléphone sonner une fois, deux fois. Iris décrocha juste après la troisième sonnerie et parut surprise d'entendre ma voix.

– Devine où je suis allé ce soir ? lui demandai-je.

Je ne lui laissai pas le temps de chercher et lui racontai l'histoire en détail, d'une seule traite.

– C'est génial comme idée, non ? Le journal sort demain. Sandra ne dormira pas beaucoup, la nuit prochaine. Elle va recevoir des appels de tous les élèves de l'école !

Je m'attendais à ce qu'Iris éclate de rire, mais, au lieu de cela, elle garda le silence.

– Tu trouves ça idiot ? lui demandai-je, hésitant.

– Écoute, répondit-elle finalement, j'ai un mauvais pressentiment, David. Un très mauvais pressentiment.

EXTRAIT

Le mardi matin, quand j'arrivai à l'école, je tombai sur Sandra.

Elle détourna aussitôt la tête d'un air méprisant et passa à côté de moi sans m'adresser la parole. Je n'y prêtai pas attention.

Je pensai à ma petite annonce et cela me réconforta. Ma bonne humeur ne me quitta pas de la journée. Oui, j'avais de quoi être satisfait !

Sur le chemin du vestiaire, Josh et Greg, deux garçons de ma classe, me bousculèrent volontairement et me lancèrent les insultes habituelles. Je les ignorai.

J'ouvris mon casier et y déposai les livres que je transportais dans mon sac à dos.

– Hé, David, tu ne voudrais pas laver la voiture de mon père ? me cria Tony, un garçon de 5e.

Quel humour ! À se tordre de rire. Cette plaisanterie irrésistible amusa quelques élèves qui se trouvaient là.

EXTRAIT

Je refermai la porte et passai devant mes « camarades » sans souffler mot.

« Tout ça, c'est à cause de Sandra, mais cette nuit, rira bien qui rira le dernier », me dis-je.

Plus loin, je rencontrai Brenda et Wart, adossés au mur près du lavabo. J'essayai d'accélérer le pas, mais je ne fus pas assez rapide. Brenda pressa sa main contre le robinet et fit gicler un jet d'eau froide sur ma chemise.

– Préviens ta famille qu'elle aura de sérieux ennuis avec mon père, après ce que tu as fait, dit Wart. Il fera payer tes parents jusqu'à leur dernier sou.

– C'est ça, c'est ça, marmonnai-je entre mes dents.

– David le rat ! David le rat ! entonna quelqu'un.

C'était reparti, comme d'habitude…

Mais je décidai de ne pas y prêter attention. Je me sentais au-dessus de ces mesquineries.

Le journal serait distribué dans l'après-midi. Ce serait au tour de Sandra d'avoir des ennuis. Je savourais déjà ma vengeance à l'idée qu'elle passerait sa nuit à répondre au téléphone.

Ce soir-là, nous étions invités à dîner chez mes cousins qui habitent de l'autre côté de la ville. Nous ne rentrâmes que vers dix heures et demie. Je me couchai très content en repensant à ma blague : quelle idée géniale j'avais eue !

EXTRAIT

Je dormais à poings fermés quand le téléphone de ma chambre sonna.

Je jetai un coup d'œil au radioréveil : il était minuit moins deux.

Qui pouvait bien appeler si tard ?

EXTRAIT

Je cherchai le téléphone à tâtons et saisis l'écouteur. Je tendis l'oreille d'abord pour vérifier que papa et maman n'avaient pas entendu la sonnerie, mais rien ne bougea. En effet, je ne suis pas autorisé à recevoir des appels après dix heures.

– Allô ?

– David, c'est moi, Iris.

– Iris ? Mais il est minuit ! Pourquoi appelles-tu si tard ?

– Mon père est resté pendu au téléphone pratiquement toute la soirée. David, est-ce que tu as lu le journal de l'école ? demanda-t-elle en chuchotant.

– Euh, non, répondis-je en m'asseyant dans mon lit. Quand on a commencé à le distribuer, j'ai été appelé à la bibliothèque. La documentaliste voulait me voir à cause de quelques livres que je n'ai toujours pas rendus. Quand je suis revenu en classe, il ne restait plus de journaux.

EXTRAIT

– Tu n'as donc rien vu ? répéta Iris, paniquée.

– Non, répondis-je. Je n'ai pas eu mon exemplaire. Alors ? Est-ce qu'on lit bien ma petite annonce ?

– Eh bien…

Iris hésitait.

– Tu la trouves bien ? insistai-je, très excité.

– Pas vraiment, non, répondit-elle à voix basse. Tu vas avoir de sérieux ennuis.

– Je vais quoi ?

Je collai l'écouteur à mon oreille. La voix d'Iris était tellement faible que je l'entendais à peine.

– Hein, je vais quoi ?

– Avoir de gros ennuis, répéta-t-elle.

– De gros ennuis ?

Un frémissement parcourut mon échine.

– Mais… pourquoi ? Explique-toi ! bégayai-je.

– Le message…, commença-t-elle.

Puis elle s'arrêta. Le silence s'installa à l'autre bout du fil.

– Iris ? Je ne t'entends plus. Iris ?

– Euh, je dois raccrocher, murmura-t-elle. Mon père arrive.

– Mais, Iris, insistai-je. Pourquoi vais-je avoir des ennuis ? Dis-le-moi !

Je l'entendis ensuite parler à son père :

« Je raccroche, Papa. J'avais juste un mot à dire. Je sais qu'il est minuit ! »

EXTRAIT

– Iris, s'il te plaît ! Attends ! suppliai-je.

– Désolée. Salut.

Je reposai l'écouteur, médusé. Pourquoi n'avait-elle pas terminé sa phrase ?

Le téléphone sonna de nouveau.

– Iris ? Merci de rappeler, chuchotai-je.

– J'ai lu ton annonce dans le journal de l'école, murmura une voix étrange.

– Iris ?

J'avalai ma salive, réalisant avec effroi que ce n'était pas elle qui parlait.

– J'ai lu ton annonce, répéta la voix. J'appelle, comme tu l'as demandé.

– Hein ? C'est moi que tu appelles ? m'écriai-je.

– Oui, j'obéis à tes instructions.

– Hein ? Mais qui es-tu ?

– Je suis un monstre.

Chair de poule®

1. La malédiction de la momie
2. La nuit des pantins
3. Dangereuses photos
4. Prisonniers du miroir
5. Méfiez-vous des abeilles !
6. La maison des morts
7. Baignadc interdite
8. Le fantôme de la plage
10. La colo de la peur
13. Le loup garou des marécages
14. Le pantin maléfique
15. L'attaque du mutant
16. Le fantôme d'à côté
18. La tour de la terrcur
19. Leçon de piano et pièges mortels
21. Terreur sous l'évier
22. La colère de la momie
24. L'horloge maudite
25. Le parc de l'horreur
26. La fille qui criait au monstre
28. La rue maudite
29. Le fantôme décapité
30. Alerte aux chiens
32. Les fantômes de la colo
35. Le coup du lapin
36. Jeux de monstres
37. Nuits de cauchemar
38. Des appels monstrueux
39. Le souffle du vampire
45. Danger, chat méchant !
46. La bête de la cave
47. L'école hantée
49. Terrible internat
50. La peau du loup-garou
51. Le jumeau diabolique
52. Un film d'horreur
53. L'attaque des spectres
54. La fête infernale
55. L'invasion des extraterrestres, I
56. L'invasion des extraterrestres, II
57. Le manoir de la terreur
58. Cauchemars en série
59. Ne réveillez pas la momie !
60. Un loup-garou dans la maison
61. La bague maléfique
62. Retour au parc de l'Horreur
63. Concentré de cerveau
64. Sous l'œil de l'écorcheur
66. Mort de peur
67. La voiture hantée
68. La fièvre de la pleine lune
69. Kidnappés dans l'espace !
70. L'attaque aux œufs de mars
71. Frissons en eau trouble
72. Les vacances de l'angoisse
73. La nuit des disparitions
74. Le fantôme du miroir